AF481344

Isabelle Morot-Sir

Un ange dans ma vie

Autres ouvrages
Aux éditions Publibook

À l'aube du soleil vert, 2003
La Fleur bleue, 2004
Attention ! Un train peut en cacher un autre, 2005
El Matador, 2005
De lettres en lettres… Année 1912, 2006
Journal personnel et intime d'une nouvelle Zingara,
2007
El Matador 2, 2013
La Citadelle des Dragons, 2014
Le journal de Lorelei, 2014
El Matador 3, 2015
De lettres en lettres… année 1925, 2015
La fleur de l'ombre, 2016

Éditions Indépendantes

Une histoire de coquelicot, 2017
La citadelle dans la montagne, 2017
Les carnets de Lou-Anne, la Louve, 2017
El Matador 4, 2018
Sans relâche, 2018
Les Citadelles T1 & 2, 2018
El Matador : l'intégrale, 2018
Les carnets de Lou-Anne, La Questrice, 2018
Le journal de Lorelei, 2019
Sans peur et sans reproche, 2019
Unis pour la vie, 2019
À l'aube du soleil vert, 2020

Un ange dans ma vie

Isabelle Morot-Sir

Le passager

La jeune fille repoussa une mèche rose échappée d'une queue-de-cheval hâtivement confectionnée, alors que, mal réveillée, elle bâillait à s'en décrocher la mâchoire. Dès l'aube, elle avait sauté dans sa voiture, une chaotique Jeep Wrangler, cadeau de son grand-père, et, en route pour les vacances.

Enfin, pour l'instant elle s'endormait à moitié sur l'autoroute. Les vacances ne commenceraient que ce soir lorsqu'elle serait enfin arrivée chez elle, ou plutôt chez ses parents. Disons dans la maison de son enfance qu'il lui semblait avoir quittée depuis des siècles. Combien le chant grésillant des cigales lui manquait ! Mais peu importe, elle avait été acceptée dans une école d'ingénieurs à Strasbourg, ce qui n'était pas une offre qu'elle pouvait balayer d'un revers de main, sous prétexte d'un manque de soleil et d'oliviers. Avec courage, elle était partie vers les confins lointains de l'Est et s'était adaptée avec la bonne humeur qui la caractérisait. De toute façon elle n'avait pas le choix, mieux valait donc prendre cette expérience avec optimisme.

N'empêche que ce matin, elle n'avait pas traîné pour balancer son sac dans le coffre de son 4X4 et sauter derrière son volant. Elle n'allait pas perdre une heure de plus ici ! D'où la queue-de-cheval en bataille ainsi que les bâillements intempestifs. Elle n'avait pas non plus voulu perdre quelques minutes en prenant un petit-déjeuner ce qui, elle le comprenait à présent, avait été une erreur. Elle tambourina sur son volant, activa le lecteur CD et bientôt Nickelback résonna dans l'habitacle. Cela lui permit de se concentrer ou du moins de garder les yeux assez ouverts pour apercevoir un panneau annonçant une prochaine aire de repos comportant une station-service. Elle pourrait y faire le plein et s'offrir un café. Parfait.

Elle n'avait pas si mal roulé malgré tout. Besançon était déjà derrière et bientôt elle rejoindrait l'autoroute A6. Ce soir elle serait en bikini et sauterait dans la piscine ombragée par un vénérable pin parasol. Tout allait bien. Elle chantonna, puis, apercevant le panneau annonçant l'aire de Dôle Audelange, elle mit son clignotant et prit la voie menant à la station. Elle gara sa Jeep grise et s'étira avant de descendre faire le plein. Une fois cela fait, elle partit payer dans la boutique. Elle ne prit pas le temps de flâner dans les rayons, une piscine l'attendait. Elle attrapa un paquet de biscuits et un grand café brûlant. C'était bien suffisant, du moins pour l'instant. Sa mère avait encore dû préparer un repas pantagruélique, gardiane au riz sauvage ou aïoli, au choix, ce serait bon et copieux.

Elle paya, puis, ses achats sous le bras, elle grimpa dans sa voiture et partit se garer un peu plus loin, là où elle pourrait boire son café en paix. Elle trouva toute la place voulue et stoppa à l'ombre chiche d'un arbre rabougri. Sans doute n'appréciait-il pas la solitude et la pollution de son biotope. Son paquet de biscuits dans une main et son café dans l'autre, elle s'installa à une table en pierre, posée un peu plus loin sur une herbe si verte qu'elle faisait mal aux yeux.

Elle ouvrit le paquet et but une gorgée de café qui, ô miracle, n'était pas si mauvais. Elle trempa un biscuit dans le gobelet, habitude déplorable, mais délicieuse dont elle ne pouvait se départir. Un vent léger vint jouer dans ses mèches roses, les emmêlant un peu plus. Elle soupira. Lorsqu'elle eut terminé son café, elle jeta le gobelet dans une poubelle et glissa le reste des biscuits dans la besace qui lui servait de sac à main. Elle se dirigea vers le petit bâtiment des toilettes afin de se laver les mains et surtout de tenter de mater sa chevelure.

Avoir une crinière de poney c'est bien, mais c'est parfois épuisant, songea-t-elle tout en fouillant dans son sac à la recherche de sa brosse à cheveux.

Elle ressortit de là toute pimpante, une tresse avait remplacé sa queue-de-cheval et mettait en valeur la finesse de son cou. Elle essuya ses mains sur son short en jean, grommelant après le manque de papier. Ce fut peut-être à cause de cette distraction qu'elle ne vit pas tout de suite la silhouette assise côté passager. Elle ouvrit sa portière ne remarquant même pas qu'elle ne l'avait pas correctement fermée. Elle s'apprêtait à s'asseoir derrière le volant lorsqu'elle croisa un regard brun. Elle sursauta.

— Eh qu'est-ce que tu fais dans ma caisse ? Descends tout de suite !

Le regard s'accentua, tandis qu'un grognement imperceptible montait de la gorge de l'intrus. Toute fulminante, elle fit le tour de son véhicule et ouvrit d'un geste sec, la portière côté passager.

— Tu arrêtes de déconner et tu descends. Maintenant !

L'autre la considéra de toute sa solide carcasse, se carrant un peu plus dans le siège, sans même répondre. Elle le dévisagea, hésitant entre hurler et éclater de rire : voilà une aventure qui ne lui était jamais arrivée. Elle le regarda. Allons, il ne semblait pas bien dangereux et sous ses mèches d'un noir de jais, il dissimulait un regard franc qui ne pouvait que la toucher. Au vu de sa carrure, elle ne se voyait guère le jeter dehors *manu militari,* alors autant accepter l'inévitable. Elle soupira et claqua la porte, avant de grimper derrière son volant.

Elle tourna la clef de contact, non sans grommeler :

— Très bien. Je descends dans le Sud, ça te va ?

L'autre la considéra d'un air goguenard qui était une réponse à lui seul.

Elle haussa une épaule tout en lançant son moteur : dans quoi s'était-elle encore embarquée !

Il détourna le regard et appuya sa tête contre la vitre, contemplant le paysage, sans plus prêter attention à la jeune fille. Ils passèrent quelques minutes ainsi, les chansons de Nickelback raisonnant en sourdine.

— Au fait, moi c'est Alexine et toi ?

Au son de sa voix, il tourna la tête, la dévisageant avec une sorte de sourire qui ne pouvait qu'être craquant. *En voilà un qui sait y faire,* songea-t-elle sans pouvoir s'en agacer. Il faut dire que, malgré sa tenue déplorable et les mèches hirsutes qui lui battaient les yeux, il avait un charme certain dont il usait avec brio.

Elle avait toujours eu un cœur tendre, ce que sa grand-mère lui avait assez reproché durant son enfance, lorsqu'elle passait ses mercredis chez elle dans cette petite maison arlésienne, ombragée par le tamaris duveteux qui poussait dans la minuscule cour. Elle la revoyait encore, secouant son gros doigt boudiné par le travail et couvert de farine, alors qu'elle lui préparait des monticules d'oreillettes légères, croustillantes et embaumant la fleur d'oranger. Tout ça parce qu'invariablement elle ramenait pour le goûter, Enrico ou Emilio, ses copains, fils de gitans, qui habitaient quelques ruelles plus bas. Oui elle revenait aussi avec des escargots aux coquilles brisées qu'il fallait installer avec mille précautions sur des lits de salade en attendant qu'ils refassent leur coquille. Oui c'était vrai aussi, elle ne pouvait le nier, mais de là à dire que c'était un défaut… Enfin bon, aujourd'hui, alors que piscine et bikini l'attendaient, voilà qu'elle se retrouvait avec un passager clandestin. Qu'en aurait pensé Mamet ?

Déjà replaçons les choses dans leur contexte, c'est juste un auto-stoppeur, rien de plus ! se morigéna Alexine, tout en essayant de se concentrer sur la route et la circulation. Ce n'était pas si facile, surtout lorsqu'elle sentait son regard posé sur elle.

Elle doubla un camion et se rabattit ensuite afin d'être assez tranquille pour lui retourner un coup d'œil, qu'elle espéra cinglant.

— Eh, pas la peine de me regarder comme ça !

Il éluda, faisant semblant de s'intéresser aux champs couverts de vaches qui paissaient avec entrain, juste de l'autre côté de l'autoroute. Là où elles étaient placées, elles pouvaient tout à loisir comptabiliser les barbus ou les véhicules rouges, lors de longues séances de rumination. Bien évidemment, il s'en fichait.

— Inutile de faire semblant, sans déconner. J'suis déjà assez sympa de t'accepter dans ma bagnole et de ne pas te virer à la première aire de repos venue, à coup de Converse dans le cul, tu pourrais au moins avoir un minimum de politesse, non ?

Il se tourna vers elle, considérant son visage délicat tout encoléré, ses cheveux étranges et surtout son odeur douce, faite de mille fragrances qui toutes parlaient d'escapades sur des sentiers battus de poussière et inondés de soleil. Il soupira. Elle n'avait pas tout à fait tort même si cela entamait quelque peu sa fierté.

Il laissa échapper un grommellement, qu'il espéra amical, tout en lui lançant ce regard qu'il savait irrésistible. Iris, sa précédente compagne, avait quant à elle dû finir par s'en trouver immunisée puisque du jour au lendemain, il s'était vu expulsé de leur joli appartement. Il n'avait rien vu venir. Elle l'avait accusé de tous les maux de la terre et d'autres aussi dont il ne se sentait pas vraiment responsable. OK c'est vrai, il traînait plus que de raison sur le canapé du salon, bon il ronflait aussi et il pétait assez souvent au lit, tout cela il voulait bien le reconnaître. Est-ce une raison pour le traiter comme ça ?

Avec une sorte d'hystérie, elle lui avait reproché d'être un poids mort et un boulet qui l'étouffait au lieu de l'épanouir. Il aurait bien rétorqué qu'il n'était pas responsable de son bonheur, mais au vu de son état, il avait préféré s'éloigner avec le peu de dignité qui lui restait.

Il avait été aisé de repérer la jolie fille. Avec ses cheveux étranges, on ne voyait qu'elle sur le parking ! Se glisser dans sa voiture avait été d'une facilité confondante : elle n'avait même pas claqué la portière, comme si elle cherchait inconsciemment à provoquer quelque événement. Donc qu'elle ne se plaigne pas s'il se trouvait à présent sur le skaï pas très confortable de son 4X4. Cette leçon lui apprendrait peut-être la prudence la plus élémentaire. Sans qu'il le veuille, son ventre gargouilla. Cela faisait un bon moment qu'il avait eu son dernier vrai repas et vu son gabarit, il ne pouvait se contenter de picorer trois miettes comme un anorexique. Ah oui, Iris lui avait aussi reproché son appétit ! Vraiment !

Il soupira en ressassant ses pensées, son estomac réclamant de plus en plus fort. La jeune fille lui jeta un bref coup d'œil, les sourcils froncés.

— Quoi encore ?

Il planta son regard brun dans le sien y lisant toute la douceur qu'il avait pressentie. Il se tortilla, gêné par sa faim de plus en plus dévorante.

Elle esquissa un sourire, qui dévoila de jolies dents, blanches et droites.

— Bien sûr je tombe sur un affamé, évidemment !

Tenant son volant d'une main elle attrapa son sac de l'autre, fouilla et en sortit les restes de biscuits.

— Tiens, je n'ai rien d'autre, il faudra t'en contenter.

Il lui retourna un sourire, avant de saisir délicatement les biscuits. Il les engloutit en deux minutes, répandant des miettes sur tout le siège. Iris aurait hurlé, mais la jeune fille, Alexine, se contenta de rire tout en remarquant :

— Et ben, tu crevais de faim !

Elle lui retourna un autre regard, navré cette fois. Elle ne dit cependant rien, se contentant de triturer les bagues en argent qui couvraient ses doigts en un tic quelque peu obsessionnel.

Il reporta son attention sur la route bien que rien de très intéressant ne s'y déroulât. La circulation normale d'un milieu de semaine, entre les files de camions venus des confins de l'Europe et les voitures qui tentaient d'avancer tout en respectant les innombrables limitations de vitesse. Il préféra fermer les yeux, la tête en appui contre la vitre, il s'endormit sans même le vouloir.

Elle le considéra le cœur serré, déjà vaincue. Allons, elle pourrait bien négocier avec sa mère pour l'héberger quelques jours. Ensuite, il serait temps de trouver une autre solution. Mais, à présent qu'il était dans sa voiture, elle s'en tenait pour responsable, ce qui, elle le savait, était une erreur. Hélas son bon cœur avait encore frappé. Tiens, elle aurait dû choisir de devenir assistante sociale plutôt qu'ingénieur, parce qu'à ramasser tous les cas désespérés de la vie, elle n'irait pas très loin.

Enfin, je ne récupère pas non plus toute la misère du monde, s'agaça-t-elle, en un monologue intérieur. Elle ne cherchait qu'une solution pour lui, tout assoupi en tas débraillé.

L'un dormant, l'autre conduisant, ils parvinrent en douceur jusqu'à l'autoroute A6 qui faisait déjà pressentir tout le Sud. Il suffisait de se laisser glisser jusqu'à la Méditerranée. Un peu avant Lyon, elle décida de s'arrêter afin de boire un autre café et de se dégourdir les jambes.

Elle gara le 4X4 à l'écart de la station, coupa le contact et s'étira, tout en lui lançant un coup d'œil. Il dormait toujours d'un sommeil de plomb. Elle haussa une épaule. Allons, elle pouvait bien le laisser là, elle ne prenait pas de grands risques.

Elle sortit de sa voiture, respirant avec plaisir un air qui propageait déjà des senteurs méridionales. Bientôt elle serait chez elle, bientôt elle ne quitterait plus son bikini. Rêvant déjà à la plage et aux bords de sa piscine, elle ne fit pas attention aux quelques hommes qui se tenaient trop nonchalamment devant la station. Elle passa devant eux, sans même les remarquer. Cependant, l'inverse ne fut pas vrai. Quelques minutes plus tard, elle ressortait un sachet à la main et un café dans l'autre. Elle doubla à nouveau leur groupe et, cette fois, les hommes l'interpellèrent.

— Eh tu vas où comme ça ?

Elle sursauta, revenant brusquement à la réalité. Elle leva les yeux au ciel, déjà blasée. Elle ne répondit pourtant rien, sachant que cela ne ferait que les provoquer un peu plus. Elle poursuivit sa route sans se préoccuper d'eux, espérant qu'ils auraient autre chose à faire de leur journée. Hélas, cela ne semblait pas être le cas. Ils la suivirent, louchant sur ses jambes nues, tout en l'entourant d'un brouhaha de mots crus. Elle serra les dents, les jointures de ses doigts blanchissant sur le gobelet en carton. Dans peu de temps, elle ne pourrait plus s'empêcher de leur donner des claques, ce qui ne serait pas la solution.

Alors que l'un des hommes commençait à la serrer d'un peu trop près, les autres poussèrent un cri qui faisait une sorte de :

— Putain con !

Planté sur le trottoir, il était là, les considérant de toute sa stature, d'un regard qui n'avait plus rien de charmeur, tout au contraire. Sa barbe hirsute lui donnait un côté fort peu aimable, tout comme les muscles saillants de ses épaules qu'il fit rouler en marchant sur le groupe. Les hommes, tout à coup, se trouvèrent peu enclins à affronter un tel adversaire. Ils prirent leur courage sous le bras et s'enfuirent telle une volée de moineaux.

Elle lui renvoya un sourire et, comme si c'était naturel, lui tendit le sandwich au jambon qu'elle lui avait acheté. Il le prit avec reconnaissance et, sans plus s'en faire, ils repartirent vers la Jeep, garée entre deux camions.

La suite du voyage se déroula paisiblement, dans une bonne humeur pleine de cette nouvelle complicité. Elle lui raconta toute sa famille, ce qui les occupa sans voir le temps passer. En fin d'après-midi, elle remontait l'allée en gravillons blancs, qui crissa amicalement sous les pneus du 4X4. Elle exhala un long soupir satisfait, elle était de retour chez elle. Elle ouvrit la portière, sentant la brûlure du soleil provençal sur sa peau, tandis que l'air embaumait des mille fragrances des collines. Les oiseaux, aplatis par la chaleur, se réveilleraient avec la fraîcheur de la nuit. Pour l'instant, seules les cigales avaient l'intrépidité d'affronter la touffeur estivale.

Alexine respira avec satisfaction, heureuse d'être arrivée, heureuse de la perspective imminente de la piscine. Alertée par le bruit de la voiture, sa mère se précipita depuis la terrasse, portant le paréo et le bob qu'elle avait achetés l'année passée, lors de leurs vacances aux Caraïbes. Sans doute était-elle en train de prendre un bain de soleil.

Elle s'avança vers sa fille, les larmes aux yeux d'une joie débordante. Soudain, alors qu'elles allaient s'embrasser, la portière de la voiture fut repoussée et il sauta à terre. Elle tressaillit en le voyant, lançant un coup d'œil effaré à sa fille :

— Depuis quand tu as un chien, Alexine ?

Manif'

La jeune fille remonta le col de son blouson, lançant un coup d'œil alentour, à la fois excitée et apeurée : dans quelle galère s'était-elle encore embarquée ? À ses côtés, Camille attrapa son bras, lui lançant un sourire qu'elle souhaitait brave, même s'il était un peu hésitant. Un froid vif s'abattait sur les deux jeunes filles tout comme il tombait sur la ville, enserrant la capitale dans un étau glacé qui semblait aller de pair avec la répression ouverte que les manifestants récoltaient depuis plusieurs semaines déjà. Jusque-là Alexine ne s'était pas sentie concernée, du moins avait-elle d'autres préoccupations immédiates. Ce qui l'avait motivée, c'était le traitement que les forces de l'ordre réservaient aux manifestants. Les dernières exactions avaient été de trop. Elle n'avait même pas eu besoin que Camille la convainque afin qu'elle monte à Paris pour joindre leurs maigres voix à celles d'un pays ulcéré.

Partout l'acronyme ACAB avait fleuri, « All cops are bastards » (« Tous les flics sont des salauds ») peint ou tagué en lettres sanglantes sur les façades des préfectures, des banques ou des sièges de grandes sociétés. Les gens étaient excédés, à n'en pas douter !

C'était sa première participation à un tel événement, et si elle se sentait un brin perdue elle n'en était pas moins résolue. Elle remonta son petit sac à dos sur ses épaules, ce dernier allégé par tout ce que les policiers avaient trouvé de répréhensible tel que sérum physiologique ou lunettes de protections. Il ne contenait plus que leurs sandwiches à toutes les deux ainsi qu'une bouteille d'eau. Même leur thermos de café n'avait pas passé les fouilles à la sortie de la gare ! Camille ne décolérait pas depuis lors. C'était son thermos qu'elle traînait depuis ses onze ans, dont la licorne arc-en-ciel sur fond rose, un peu usée, ne semblait qu'une arme bien dérisoire.

Lorsque le policier le lui avait confisqué et qu'elle avait demandé comment elle pourrait le récupérer, il lui avait simplement dit d'un ton indifférent qu'il serait brûlé avec tout le reste. Cela n'avait pas aidé, loin de là, à redorer le blason de cette corporation ! Les autres manifestants, autour d'eux, semblaient animés des mêmes griefs, même si au départ sans doute, ces braves gens n'avaient rien de révolutionnaires.

Enfin, les deux étudiantes étaient là, dans ce petit matin frisquet d'un automne précoce, déambulant dans les rues au coude à coude avec d'autres manifestants. Certains arboraient des pancartes ou bien des slogans directement écrits sur leur blouson. L'ambiance était somme toute bon enfant, aussi les jeunes filles retrouvèrent le sourire, malgré tout. Allons, la journée ne serait peut-être pas si terrible que ce que les médias à la solde d'un gouvernement à la botte des puissants leur serinaient depuis des jours. Bien sûr elles avaient vu aux nouvelles les véhicules blindés qui seraient déployés à Paris pour cette occasion, mais avec un optimisme un peu trop primesautier, elles se disaient que c'était plus un coup de bluff afin d'impressionner et dissuader les gens, qu'autre chose.

Les rues se remplissaient peu à peu des manifestants, qui tous souhaitaient rejoindre le point de ralliement fixé sur la place très symbolique de la Concorde, l'idée étant de remonter les Champs-Élysées dans le calme et la bonne humeur. Pourtant, si la base du mouvement de protestation était pacifiste, les forces de l'ordre ne semblaient pas l'entendre de cette oreille. Alors qu'ils avançaient paisiblement, certains chantant ou jouant de la musique qui allait en se répercutant sur les façades des hôtels Haussmanniens, ils furent brusquement stoppés.

Les deux filles froncèrent les sourcils, puis sans même avoir besoin de parler, elles poussèrent les gens devant elles afin de savoir pourquoi tout à coup ils étaient arrêtés. Sans le vouloir elles furent propulsées au premier rang, et tombèrent presque nez à nez avec une compagnie de CRS qui bloquait toute la rue. Les hommes en uniformes d'un bleu sombre se tenaient boucliers contre boucliers, leur visage protégé derrière l'épaisse visière de leur casque. Ils étaient là, tenant leur ligne, tels des soldats prêts à en découdre. En un coup d'œil, Alexine engloba les longs tonfas qu'ils tenaient tous en mains, les grenades qui pendaient à leur ceinture ainsi que les impressionnants lanceurs de balle caoutchouc. De surprise elle faillit presque tomber sur l'un d'eux. Elle fut retenue par son amie, qui, bien que très pâle, avait conservé quelques réflexes. La jeune fille laissa échapper un

« Oh putain » de circonstance, avant de se tourner vers Camille.

— Eh bé, ils font quoi là ?

La jeune fille haussa les épaules en signe d'incompréhension, tandis que la foule semblait tout aussi désemparée. Quelques minutes passèrent. On aurait pu entendre une mouche péter, si le temps trop froid leur avait permis de voler ! Les hommes, en tenue de protection complète, qui leur faisaient face ne bougeaient pas d'un millimètre. Étaient-ils seulement vivants ou empaillés ? Alexine, dont la patience n'était pas la première qualité, carra les épaules et s'avança d'un pas, se plantant crânement devant le CRS le plus proche. Comme tous les autres, c'était un grand mastard dont les protections renforçaient la carrure. Camille tenta de la stopper, mais peine perdue, la jeune fille était inarrêtable. Elle le dévisagea, tentant de capter son regard, à la recherche d'un peu d'humanité sans doute.

— Salut, toi et tes potes vous êtes là au milieu de la route, mais tu sais que vous nous empêchez de rejoindre le point de manifestation ?

Le visage de l'homme sous son casque resta indéchiffrable, à tel point que la jeune fille se demanda s'il avait entendu.

Elle se mordilla les lèvres, réfléchissant à une autre approche.

— Oh oui, désolée je ne me suis pas présentée, je m'appelle Alexine.

En disant cela, elle ôta son bonnet en laine à pompon, libérant la masse opulente de ses longs cheveux roses, qui soudain apportèrent un souffle de douceur dans toute la rue. D'un geste négligent elle repoussa une mèche que le vent frais, rabattait sur son visage. Sans doute ne s'attendait-il pas à ça, car une brève lueur d'étonnement éclaira fugitivement son regard très clair. Il avait cependant subi un entraînement beaucoup trop poussé pour se laisser émouvoir. Pourtant, comme la fille était-là, devant lui, il lui était difficile de faire totalement abstraction. Il retint un soupir mi-agacé mi-désabusé, remonta imperceptiblement son bouclier translucide, se demandant ce qu'elle allait bien pouvoir inventer, et surtout quand les insultes allaient pleuvoir en même temps que les canettes et les pavés. C'était toujours comme ça : une tentative de dialogue, avant que les gens ne leur en mettent plein la gueule.

En attendant, la fille aux cheveux roses lui décocha un sourire qu'en de toute autre circonstance il aurait apprécié, mais aujourd'hui il se contentait d'être un numéro, celui de son matricule inscrit sur sa poitrine, et son humanité se limitait à ça.

— Et toi ? Tu t'appelles comment ?

Ne semblant même pas déroutée par son mutisme, elle poursuivit d'une voix à l'accent délicieusement ensoleillé.

— Oui OK, devoir de réserve, tout ça, je comprends. Donc poursuivons, puisque de toute façon nous n'avons rien d'autre à faire, hein ? C'est comme un speed dating, tu vois, nous allons tenter de nous connaître dans un temps limité. T'es partant ?

Sans attendre aucune réponse de sa part, elle poursuivit.

— Donc tu connais mon prénom, et tu dois te douter que je suis étudiante. Je suis en école d'ingénieur à Strasbourg, oui oui. Je vois de l'étonnement, mais tu ne devrais pas, on ne doit jamais se fier à l'apparence ! Sinon comme tu l'entends je suis originaire du Sud. De Fontvieille exactement. Et toi ? D'où es-tu ?

Sous son casque qui pesait sur son crâne, bien qu'il soit habitué au poids, il fronça les sourcils. Où cette fille voulait-elle en venir ?

Ses collègues commençaient à jeter des regards de travers à l'étudiante, son comportement atypique ne pouvait que les rendre nerveux. Sans se démonter, elle continua, un sourire à la fois joyeux et doux retroussant ses lèvres, dévoilant de petites dents nacrées.

— Dis-moi tu es marié ? Une p'tite amie alors ?

Devant son silence, elle insista :

— Bah tu dois bien avoir quelqu'un à qui tu tiens, sans déconner ! Non vraiment ?

Il crispa les mâchoires, serra ses doigts sur son tonfa, se demandant quand elle cesserait ce stupide monologue. Ça ne semblait pas être pour tout de suite, hélas !

— Parce que c'est important d'aimer, non ? Tiens, moi par exemple, j'ai rencontré l'amour de ma vie l'été dernier. Il s'appelle Ange, enfin c'est moi qui l'appelle comme ça, car c'est mon Ange, tu vois…

En réalité il ne voyait rien, rien d'autre qu'un agacement qui allait crescendo. Qu'est-ce qu'elle le saoulait avec ses histoires ! Un mec qui s'appelait Ange ! Il se fit mentalement un *facepalm*, conservant néanmoins un visage impénétrable.

— Oh attends, je vais te montrer, s'écria-t-elle avec un enthousiasme qui fit pétiller ses yeux d'un bleu aussi lumineux qu'un ciel provençal. Elle dézippa son blouson et plongea sa main à l'intérieur, ce qui le fit sursauter, plus par réflexe que par crainte véritable. Elle se figea, lui lançant un sourire rassurant.

— T'en fais pas j'ai pas d'arme, déjà on a été fouillés jusqu'à la culotte avant d'accéder à cette rue, ensuite on est tous pacifistes au cas où tu ne l'aurais pas remarqué et même si j'en avais une, mon pauvre, mais je saurais pas m'en servir !

Là-dessus elle laissa tomber son sac à dos, enleva son blouson malgré l'air glacé et la bruine infecte qui commençait à tomber, détrempant toute la ville. Elle souleva ensuite son pull à col roulé d'un beige très clair, afin sans doute de lui montrer qu'elle ne portait rien sur elle. Il se demanda où son strip-tease allait s'arrêter, et si son mec cautionnait ça. Enfin les étudiants gauchistes avaient des idées, voire des mœurs, qui le dépassaient. Sous son pull, elle portait un simple tee-shirt blanc qui se souleva une fraction de seconde, dévoilant un ventre plat à la peau encore dorée d'un soleil lointain. Elle rougit, rabattit ses vêtements, tout en s'exclamant d'une voix pleine de rire.

— Bon, tu en as vu plus que prévu, donc tu as pu constater que je ne dissimule pas de kalachnikov, hein ? Je remets mon blouson, OK, parce que là, il caille de ouf !

Elle rajusta sa doudoune d'un rouge bordeaux qui rehaussait étonnamment sa chevelure, tout en poussant un court soupir de satisfaction qui le fit frémir. Il crispa un peu plus les mâchoires, se raccrochant à tout son professionnalisme. Il n'allait pas tomber dans le panneau !

De la poche intérieure de son blouson, elle sortit son smartphone, l'alluma, scrolla quelques secondes avant de pousser un petit cri victorieux, puis se haussant sur la pointe des pieds et tendant le bras, elle lui plaqua le minuscule écran devant les yeux. Bien qu'il n'y porte aucun intérêt, il ne put faire autrement que de jeter un regard sur la photo. Il réprima un brusque éclat de rire, ne s'attendant pas au portrait qui s'étalait sur l'écran. La fille en rajouta une couche :

— Lui, c'est mon Ange, belle gueule hein ?

Elle afficha un sourire mutin avant de ranger son téléphone, tandis qu'il retenait à grand-peine une hilarité croissante.

— Et toi alors ? Quelqu'un à qui tu tiennes ?

Il pinça les lèvres afin de contenir un rire, situation assez inédite, il devait bien l'avouer. En général le maintien de l'ordre, lors de telles manifs, n'avait rien qui pouvait prêter à rire.

— Alors ? Personne comme mon Ange qui soit là pour toi, quoi que tu fasses ?

Il ne pouvait évidemment lui répondre, cependant son regard clair, d'un bleu intimidant, s'éclaira d'une gaieté qu'il ne pouvait contenir. Non en effet, il n'avait personne dans sa vie de comparable à l'Ange de cette nana ! Il revit la tête hirsute du gros Bouvier aux poils sombres et drus, qui semblait poser pour la photo, songeant une seconde qu'il n'aurait pas dédaigné la rencontrer dans d'autres circonstances. Dans une soirée où il aurait été lui-même, il lui aurait proposé un verre et peut-être aurait-elle accepté. Mais aujourd'hui, ils étaient chacun d'un côté d'une ligne, lui tenant celle des institutions, elle se rebellant et tempêtant suivant une sorte de jeu quelque part immuable. Beaucoup, avant elle, avaient tenté une fraternisation que son engagement rendait totalement impossible. Elle était mignonne, c'était un fait, une information comme la pluie qui tombait sur ses épaules et dégoulinait dans son cou, rien de plus.

Elle s'approcha d'un demi-pas de plus, presque à le toucher, ce qui le mit mal à l'aise. Ce genre de promiscuité n'était jamais très bon. Elle leva le visage vers lui, cherchant à plonger son regard dans le sien. Il la fixa en retour, d'un air dur : que lui voulait-elle au juste ?

— Tu sais c'est important d'aimer, il n'y a rien de plus important. Tu vois nous tentons de défendre nos droits, et tu devrais nous aider plutôt que de nous bloquer, vraiment c'est pas cool. Nous faisons ça pour tous ceux que nous aimons…

Quelque part dans la foule des manifestants, un homme cria :

— Eh tu cherches à l'apprivoiser ou quoi ? Tu sais que ce ne sont que des chiens dressés !

Alexine se retourna, ses cheveux tournoyant dans une envolée d'un rose irréel.

— C'est un homme comme toi, crétin ! siffla-t-elle en réponse, furieuse.

Plusieurs personnes s'esclaffèrent, ce qui énerva la jeune fille. Elle fit toutefois mine de les ignorer, préférant retourner un sourire au policier qui se dressait devant elle.

— On va les laisser dire, hein ! Tu es un être humain, comme nous tous ici, et lorsque tu t'es engagé dans les CRS ce n'était certainement pas dans l'optique de taper sur des filles telles que moi et des idiots comme l'autre, aussi bête soient-ils ! Alors que s'est-il passé ?

Il la dévisagea une seconde avec incrédulité, c'était bien la première fois qu'on lui parlait autrement qu'en lui beuglant des insultes. C'était à la fois dérangeant, déstabilisant, et un peu trop utopique pour durer. Les insultes et les coups allaient arriver, c'était une question de minutes, il pouvait le sentir à la nervosité de la foule amassée, dont la colère montait crescendo. La fille, elle, ne semblait rien comprendre. Avait-elle déjà participé à une manif' ? Il en doutait fortement !

Elle semblait empreinte d'une sorte de naïveté assumée, cependant qu'elle le fixait droit dans les yeux avec beaucoup de sérieux. Elle ne pouvait s'attendre à une quelconque réponse de sa part. De toute façon, même si sa parole avait été libérée qu'aurait-il pu lui dire ? Lui expliquer ? Du fait de sa haute taille, il pouvait voir au-dessus de la foule massée devant leur cordon. La rue était noire de gens accumulés là, sous une pluie de plus en plus drue, ce qui n'aidait pas à garder les esprits sereins. Sur les côtés, se glissant au long des façades grises, il perçut des mouvements, des silhouettes en noir, blouson renforcé, cagoules et gants, qui remontaient vers eux. Il raffermit ses doigts autour de son tonfa, jeta un bref coup d'œil à son chef. Il sentit ses collègues se raidir, tandis qu'un souffle d'adrénaline parcourait leur unité.

Se penchant vers la jeune étudiante plantée devant lui, il glissa d'un ton brusque :

— Ne reste pas là, on va charger...

Elle ouvrit de grands yeux, ronds d'incompréhension, alors que des cris s'élevaient déjà dans la foule en une clameur qui allait *crescendo*, se répercutant sur les façades luxueuses. Les premiers objets commencèrent à voler, bouteilles en verre, pavés pris on ne sait où, bouts de bitume. Dans un réflexe, il brandit son bouclier au-dessus de lui et de la jeune fille, les protégeant tous deux d'une lourde bouteille qui rebondit sur le plexiglas et s'écrasa sur l'asphalte. La fille était trop interloquée pour vraiment saisir l'urgence. D'une main, il l'attrapa par un bras et la propulsa loin derrière lui, sur un « barre-toi » péremptoire, espérant qu'elle aurait assez de présence d'esprit pour s'abriter quelque part, à l'écart des casseurs et autres agitateurs.

Il n'eut ensuite plus le loisir d'y songer, emporté par la vague de violence, les hurlements, les insultes et les détonations des premières grenades de désencerclement au milieu de la fumée des lacrymogènes. Les *black blocks* se ruaient sur eux, ayant récupéré des barres en fer ou des panneaux routiers un peu partout. La guerre semblait déclarée.

Alexine, elle, se vit ballotter de droite à gauche par la charge des policiers qui passèrent telle une meute, repoussant les manifestants de leur bouclier, de leurs matraques ainsi qu'à coups de lacrymogènes. En quelques secondes, la rue, paisible une minute auparavant, devint une mêlée inaudible, irrespirable. Étouffée par la fumée qui la faisait pleurer, Alexine courut au jugé, hoquetant et toussant. Affolée, elle trouva refuge dans l'encoignure d'une solide porte. Le cœur battant, perdue, ne sachant où était Camille, ne comprenant d'ailleurs plus rien !

Dans quelle galère en effet s'était-elle fourrée ! À cet instant, plutôt que de cracher et pleurer dans son écharpe, elle aurait pu être allongée sur son canapé, dans l'appart' qu'elle partageait avec Camille et une autre coloc'. Ange sur les pieds en guise de couverture, elle aurait lu l'un des livres qui encombrait ses étagères, ce qui l'aurait agréablement détendue après une longue semaine de cours. Mais non, se prenant pour Jeanne d'Arc, voilà qu'elle avait sauté dans un train et qu'elle se retrouvait au sein d'une véritable émeute. Ce n'était pas tout à fait ce qu'elle avait prévu !

À cause de la fumée âcre des gaz lacrymogènes, elle ne voyait pas grand-chose de ce qui se passait. Elle percevait des cris de rage, de douleurs aussi, des sirènes, des ordres criés dans un mégaphone qui demandait à la foule de se disperser. Elle ne savait pas trop où les gens pouvaient s'échapper, enserrés dans cette rue tels des poissons dans une nasse. Une fois encore, elle se demanda où était Camille, puis elle vit une masse confuse de policiers reculer, lançant devant eux des grenades de désencerclement qui explosaient dans un bruit terrifiant, projetant alentour des bouts cinglants qui, une seconde, faisait reculer la foule. Boucliers contre boucliers, ils reculaient en ordre serré, l'un tenant l'autre, en une étrange reconstitution d'une antique défense.

Incrédule, elle les vit passer à quelques mètres, tandis que la rue n'était plus qu'un chaos indescriptible de voitures en feu, de hurlements de toutes sortes, et de jets d'objets variés. Terrifiée, à demi suffoquée par le gaz qui opacifiait toute la rue, elle se demandait ce qu'elle allait faire, hésitant à quitter son abri précaire, consciente de ne pouvoir y rester. Devant elle, des gars aux visages dissimulés sous des foulards sombres, passèrent en gueulant, lançant des projectiles sur les policiers qui tentaient de s'échapper sans trop de casse. Soudain, elle se sentit soulever par un bras, tandis qu'on lui criait :

— Mais reste pas là ! Bouge !

Instinctivement elle se débattit, sursautant de peur, lorsque relevant la tête, elle croisa un regard d'un bleu presque translucide, tendu, derrière l'épaisse visière d'un casque. Sans plus résister elle se laissa entraîner à la suite du policier, qui, la tenant par un bras, la poussa devant lui, les protégeant de son mieux avec son bouclier antiémeute. Ils coururent aussi vite que possible. Sans doute espérait-il retrouver son unité, cependant ils étaient isolés, trop sans doute. *Black blocks* ? Casseurs ? Qui s'en prirent à eux ? Dans la confusion, c'était difficile à dire. En tout état de cause, un groupe d'une dizaine d'hommes les encerclèrent, commençant à frapper le policier avec tout ce qu'ils pouvaient, pavés, barres trouvées sur un chantier, coups de pied ou de poings ; il se défendit de son mieux, mais son bouclier lui fut arraché tandis qu'il s'effondrait sur le trottoir détrempé. Une fois au sol, la curée sembla s'intensifier, comme si plus rien ne pouvait arrêter les instincts meurtriers de la foule. Horrifiée, Alexine ne réfléchit même pas et se jeta dans la bataille. Elle hurla des « Laissez le, bande de cons ! » qui lui brûla la gorge, tandis qu'elle tentait de repousser les agresseurs de toutes ses forces.

Son intervention apporta un instant de flottement qui lui permit d'attraper le policier par une épaule et l'aider à se relever. Un bruit de moteur figea les casseurs, Alexine, elle, ne chercha pas à identifier ce que c'était, aidant le policier à se tenir debout, ils parvinrent à courir sur une petite centaine de mètres. Titubant, il s'arrêta, prenant appui contre une voiture. Les poumons brûlés par les gaz, elle essaya de reprendre haleine, ce qui semblait une tâche presque impossible. Elle le dévisagea avec une sorte d'inquiétude, fouilla dans ses poches, se demandant un instant où était passé son sac à dos. Sans s'arrêter à ce détail, elle trouva un paquet de

Kleenex égaré dans ses poches, en extirpa une poignée et, s'approchant du policier, elle appuya doucement sur son arcade sourcilière d'où s'écoulait un flot de sang qui, inondant son visage, ruisselait sur son uniforme détrempé et boueux. Il eut un geste de recul, cependant qu'elle murmurait :

— Arrête, tu pisses le sang ! Ils t'ont pas loupé…

Il leva une main gantée, frôla ses doigts avant de presser les quelques mouchoirs en papier sur la plaie. Sa tête bourdonnait, néanmoins cela aurait pu être pire. Il se retourna, regardant passer un camion équipé d'un canon à eau qui nettoyait la rue de tous les manifestants, sans discernement. Casseurs et autres furent refoulés, tandis que les contestataires, affolés, tentaient d'échapper au jet puissant, en courant au plus près des façades.

Soudain, un homme en tee-shirt blanc orné d'une croix rouge, se précipita vers eux en s'exclamant :

— Vous êtes blessés ? Venez avec moi !

Sans même leur laisser le temps de réfléchir, il les entraîna dans une ruelle adjacente, où régnait un calme surréaliste. Installé entre des arbres anémiques, des secouristes allaient et venaient autour de diverses personnes, plus ou moins sérieusement blessées. L'homme les fit asseoir sur un banc, et, sur un « ne bougez pas, les street medics vont s'occuper de vous », il repartit chercher des personnes en difficultés.

Une femme entre deux âges s'approcha d'eux, jugeant la situation d'un coup d'œil précis.

— Salut, je suis infirmière, alors qu'est-ce que t'as eu, flash-ball ? fit-elle tout en se penchant vers Alexine.

La jeune fille secoua la tête, en s'écriant :

— Non, moi ça va, occupez-vous plutôt de lui, il s'est fait à moitié lyncher par des débiles !

L'infirmière se redressa, marmonna un :

— OK, mais ensuite faudra que je regarde ton front ma p'tite ! avant de se pencher vers le policier à demi groggy.

Alexine tâta son crâne, et c'est seulement à cet instant qu'elle réalisa qu'elle saignait. Elle n'avait rien senti, et c'est à peine si elle percevait un faible élancement. Elle haussa une épaule, plaqua une compresse sur son front, avant de reporter son attention sur l'infirmière. Avec une autorité et une précision qui dénotait une longue habitude, elle examina rapidement le policier, désinfecta la coupure qui barrait son sourcil gauche, plaça un pansement en un tour de main, tout en bougonnant :

— Il faudra que vous vous fassiez examiner par l'un de vos toubibs, vous ne semblez rien avoir de cassé, vos protections ont dû vous protéger, néanmoins ici on ne peut qu'aller à l'urgence, hein !

Puis sans même lui demander son avis, elle se pencha vers Alexine et s'occupa de la plaie qui étoilait le front de la jeune fille. Une fois nettoyée, elle s'avéra peu profonde, ce qui fit naître un sourire sur le visage de la street medic.

— Tu t'en tires bien, dis donc. Un sparadrap et tu pourras repartir !

— Merci, balbutia la jeune fille, tandis que l'infirmière lui passait du sérum physiologique dans les yeux.

Elle les laissa toutefois en plan, afin de s'occuper d'une personne qui arrivait, soutenue par deux hommes, et qui semblait inconsciente.

Alexine repoussa ses cheveux trempés de pluie, avant de lancer au policier dans un gloussement nerveux.

— Eh ben, on a pris cher !

Elle le considéra une seconde, puis ajouta :

— Enfin toi surtout...

Il lui retourna un regard incertain, ne sachant comment le prendre, pourtant sans même le décider, il éclata de rire tandis qu'il se redressait de toute sa longue carcasse durement sollicitée.

— C'est clair !

Il effleura le front de la jeune fille, ajoutant d'une voix basse :

— Mais t'as bien morflé aussi... En tout cas merci, sans toi j'aurais eu du mal à m'en tirer...

Elle bredouilla une suite de sons et de mots inarticulés, alors qu'un homme qu'ils n'avaient pas remarqué, s'exclamait tout en rempochant un smartphone.

— Meilleure séquence émotion de toute la manif', je peux vous l'assurer !

— De quoi ? s'enquit Alexine sans bien comprendre, encore trop choquée par les événements et les gaz.

— Ben, je vous ai filmés, une étudiante, un flic, le top ! Merci les gars je vais faire le buzz sur YouTube !

Puis sans même se préoccuper d'eux il s'en alla, tandis qu'Alexine, soudain furieuse se redressait. Le policier, posant une main sur son épaule, la fit se rasseoir d'un geste, tandis qu'il disait d'un ton blasé :

— Laisse tomber, ça n'en vaut pas la peine, c'est simplement que ta carrière de *black blocks* va être sérieusement compromise !

Encore furieuse, elle ouvrit la bouche afin de répliquer, puis croisa son regard dans lequel dansait une sorte d'hilarité qui balaya son début de colère. Elle réprima un gloussement, tout en faisant :

— Bah, je crois de toute façon que ce n'était pas ma vocation, pink block, à la rigueur !

Il esquissa un sourire, retint un éclat de rire, puis, plantant son regard très clair dans le sien, il fit d'une voix plus basse :

— Au fait, je m'appelle Sébastian.

Finalement, ils échangèrent une bouteille d'eau que l'un des secouristes leur avait donnée. La pluie avait cessé, l'eau s'écoulait au long des caniveaux, emportant avec elle, feuilles mortes et débris de toutes sortes, y compris des cartouches de grenades. Enfin, ils se levèrent, bizarrement secoués par des émotions diverses. Un brin gênés, ils se dévisagèrent, ne sachant que dire ou faire. La première, Alexine bredouilla :

— Bon ben, je vais essayer de retrouver ma copine...

Il hocha la tête, laissant tomber à son tour :

— Et moi, je vais rejoindre ma compagnie...

Pourtant, ils ne faisaient ni l'un ni l'autre mine de bouger. Il passa l'une de ses mains qu'il avait dégantées, ses lourds gants de protection pendant à présent à sa ceinture, dans sa nuque rasée, en un geste trahissant son embarras. Ses cheveux blonds, à la stricte coupe militaire, s'irisaient de gouttes de pluie qu'un timide rayon de soleil vint effleurer.

Ils ouvrirent la bouche au même moment, posant la même question :

— Tu es pressé ?

Ils éclatèrent d'un semblable petit rire embarrassé. Elle se mordilla les lèvres tout en rivant ses yeux dans les siens. Elle secoua négativement la tête, faisant voler ses longues mèches emmêlées, murmurant un simple « non » qui sonnait comme une promesse, ouvrant la porte sur une terre de liberté.

Elle rajouta un « et toi ? » auquel il répondit d'un haussement d'épaules et d'un sourire en coin :

— Je crois que de toute façon, dans l'état où je suis, je ne serais pas d'un grand secours à mes collègues, donc…

Il laissa sa phrase en suspens, leva la tête, jeta un coup d'œil au ciel, avant de reporter à nouveau son attention sur la jeune étudiante :

— As-tu déjà admiré Paris depuis les toits ?

Surprise, elle bredouilla à nouveau une vague négation, tandis que, sans attendre sa réponse, il l'entraînait vers la porte cochère d'un somptueux hôtel de style Haussmannien. Décontenancée, elle le dévisagea, ne sachant ce qu'il comptait faire, mais pour une fois elle se laissa porter par les événements et advienne que pourra !

Il sonna, balança un « Gendarmerie Nationale » péremptoire à la personne qui lui répondit, ce qui fut un sésame suffisant : la porte fut débloquée et ils n'eurent qu'à la pousser. Une gardienne sortit dans le couloir, l'air inquiet.

— Simple mesure de sécurité. Pouvons-nous avoir accès aux toits ?

Quelques minutes plus tard, ils se retrouvaient tout en haut du bâtiment, à admirer la vue incroyable sur la capitale. Le soleil chassait peu à peu la grisaille, auréolant l'horizon d'un halo lumineux. Les toits scintillaient de la pluie matinale, tandis que les bruits sourds des manifestations ne montaient que partiellement jusqu'à eux. Elle poussa un soupir de bien-être, impressionnée non seulement par la vue sur la ville, mais aussi par la différence entre la quiétude qui régnait là et le tumulte des rues. Elle se tourna vers Sébastian, debout juste derrière elle.

— Mais… On a le droit de faire ça ? C'est pas un peu de l'abus de pouvoir ou je sais pas quoi ?

Il haussa une épaule négligente, répondant d'un ton presque placide :

— Tu crois que tout ce qui se passe, là en bas, est tout ce qu'il y a de plus légal ? Tu ne crois pas qu'il y a de l'abus ?

Laissant son regard planer sur les toitures disparates, il poursuivit :

— Je suis un militaire, je n'ai pas le droit ni d'avoir un avis ni encore moins de le donner, mais je crois que s'il y a abus, dans notre cas, il est minime, non ?

Devant son air interloqué, il crut bon d'ajouter :

— Je ne suis pas CRS au cas où tu ne l'aurais pas compris, je fais partie de la Gendarmerie Mobile.

— Et ça change quelque chose ?

Il éclata de rire, repoussa une longue mèche rose qu'un coup de vent avait rabattue sur le visage de la jeune fille, se pencha vers elle en affirmant :

— Ça change tout…

Puis il posa sa bouche sur la sienne, l'emportant dans un baiser irréfléchi et cependant impérieux. Pas même surprise, elle s'agrippa à ses épaules, tandis que, passant ses mains dans ses cheveux il l'attirait contre lui. Le monde, la folie des hommes n'existait plus, seule le souffle du vent, les roucoulements de pigeons posés sur une corniche, leurs lèvres unies et leurs cœurs trébuchants, avaient encore une réalité.

Ils sortirent de ce baiser les idées en déroutes et les sens aux abois. Les joues tout autant rosies par la fraîcheur de l'air que par le brusque bouleversement de ses émotions, Alexine, chuchota :

— Avoue, c'était un traquenard !

Caressant son visage de ses grandes mains un peu rudes, il sourit, lâchant d'un ton plein d'autodérision :

— Ne me prête pas autant de duplicité, je suis un flic, quand même !

Ils mêlèrent leurs rires tandis que leurs lèvres se cherchaient déjà. Il glissa ses mains sous ses vêtements, soulevant son pull, effleurant enfin sa peau dont la douceur le fit frémir, le déstabilisant et le désarmant plus que l'aurait fait n'importe quelle menace. Elle frissonna sous la tiédeur de ses mains. Soudain, plus rien n'avait d'importance que leurs souffles mêlés et leurs corps avides.

Sans effort, il la souleva et la déposa sur un débord du toit, à la fois fou et impatient. D'un geste, il enleva son gilet pare-balles, qui comprenait aussi les imposantes épaulières en plastique dur, censées protéger des coups. Avec une retenue nimbée de frustration, il fit glisser le blouson d'Alexine, qui rejoignit le gilet, embrassant doucement le ventre tendre de la jeune fille qui frissonnait tout autant de la fraîcheur de l'air que de ses lèvres sur sa peau. Il aurait souhaité la voir nue afin de parcourir chaque courbe de son corps délicat, cependant ni le lieu ni les températures ne permettaient plus qu'une hâtive exploration. Pourtant, envahis par une même fièvre, ni l'un ni l'autre ne s'en plaignait.

Le moment était l'une de ces parenthèses où le temps semble suspendre son lent décompte. À son tour elle dézippa sa veste d'uniforme, souleva son tee-shirt, dévoilant un torse large, aux muscles saillants. Sous sa main, il frémit d'un désir puissant, presque insoutenable. Sans même chercher à résister, il la souleva, la plaquant contre l'énorme cheminée, emportés tous deux dans un maelstrom d'émotions et de sensations qui n'avaient plus rien à voir avec ce qui les avaient conduits à Paris le matin même. Dévorés par la même fièvre, ils se contrefichèrent du reste du monde, concentrés sur la seule douceur de leurs corps unis. Gémissante, elle retint un cri de plaisir dans son cou, alors qu'au même instant, un hélicoptère survolait la zone.

Il la tint serrée contre lui encore quelques secondes, repoussant le moment de rompre la magie. Enfin il la reposa au sol, les jambes vacillantes, tandis que, se raccrochant à lui, elle se rajustait vaille que vaille tout en montrant l'hélicoptère.

— Qu'est-ce qu'il fait ?

— Il survole la zone afin que le QG ait une parfaite vue d'ensemble et puisse mobiliser les compagnies sur les points nécessaires.

Il remit de l'ordre dans sa tenue, ramassa son gilet, l'enfila à nouveau pour ensuite emmitoufler Alexine dans son blouson, tandis qu'elle remarquait, une lueur mutine dansant dans ses yeux :

— C'est sûr qu'ils ont dû avoir une vue parfaite de la situation, tes collègues là-haut !

Puis elle éclata de rire, tandis que l'hélicoptère partait survoler les Champs-Élysées. Il ne put se retenir de rire lui aussi, même s'il savait que la résolution des caméras embarquées pouvait clairement montrer le matricule qui ornait sa poitrine. Tant pis, quoi qu'il risquât, la rencontre avec Alexine en avait valu mille fois le coup.

— Au fait, c'est non ! s'exclama-t-il avec un demi-sourire.

— Non, à quoi ?

— À ta question, non, je ne suis pas marié et non, je n'ai pas de p'tite copine.

— Oh… Ben OK, c'est bon à savoir, bredouilla-t-elle, prise de court.

— Et sinon je suis du Valenciennois, je suis un cht'i, c'est p'être moins prestigieux que d'être Provençale comme toi, mais je suis fier d'être du Nord.

Elle le regarda, déstabilisée :

— Mais tu écoutais tout ce que je te disais, alors !

Il haussa une épaule, retenant un éclat de rire :

— Je te signale que tu trépignais devant moi, j'aurais eu du mal à ne pas entendre !

Elle grommela, lui fit une grimace tout en essayant de démêler sa chevelure mise à mal par les événements de toutes sortes. Elle la noua en une tresse hâtive, tandis qu'il poursuivait, sans se démonter :

— Eh oui, je suis d'accord avec toi, il n'y a rien de plus important que d'aimer et défendre ceux qu'on aime.

— Ah ben si tu es d'accord avec moi, pourquoi ne rejoins-tu pas les rangs des manifestants ?

Il caressa tendrement son visage, se pencha vers elle afin de l'embrasser dans le cou, respirant l'odeur douce de sa peau.

— Parce que rien n'est aussi simple. Mais oui, en effet, je ne me suis pas engagé pour taper sur des nanas comme toi, toutes gauchistes folles qu'elles puissent être !

Elle lui envoya une bourrade qu'il bloqua avec une facilité déconcertante, puis ajouta :

— Si je me suis engagé après mon bac, c'est parce que dans ma région, il y a zéro perspective. Mon grand-père était mineur, il habite encore dans un quartier de corons. Quand les mines et les filatures ont fermé qu'est-ce qui est resté ? Rien ! Mon père est routier, ma mère instit', j'avais le choix entre flic, bandit, ou chômeur… J'ai choisi un job qui m'assure une paye chaque mois et pour ça, j'ai juré de servir la République, c'est juste ça.

Elle le dévisagea, consciente soudain qu'il n'y avait nulle barrière : simplement chacun tentait de se tirer de la situation imposée par la société, avec les rares atouts qu'ils pouvaient avoir. Elle était logée à la même enseigne, elle devait bien l'avouer.

— Tout le monde ne peut pas être une tronche et entrer en école d'ingénieur.

— Ce n'est pas une question d'intelligence, tu sais, plutôt d'opportunité, et de travail, ça, oui ! Je viens d'un milieu favorisé, je le sais. Mes parents ne roulent pas sur l'or, mais mon père est ingénieur et ma mère a son propre salon de coiffure, on a donc un niveau social qui me permet de faire les études que je fais actuellement. Je sais que je suis chanceuse, c'est un peu pour ça que j'étais ici aujourd'hui... Ça et les violences policières, je dois dire...

Il prit son visage entre ses mains, l'embrassa longuement avant de murmurer, ses yeux clairs pétillants d'un rire contenu :

— Eh bien, tu vas pouvoir témoigner des violences que tu as subies !

— Ah, ah, gros malin... bougonna-t-elle sans pouvoir s'empêcher de lui renvoyer un sourire qui soudain, illumina la journée.

Pour la dixième fois, elle sentit son téléphone vibrer dans la poche de son blouson. En soupirant elle vérifia ses notifications. S'excusant d'un geste auprès de Sébastian, elle répondit hâtivement à quelques messages.

— C'est ma copine Camille qui se demande où je suis, expliqua-t-elle tout en tapant rapidement quelques mots sur son écran.

— Dis-lui que tu as été arrêtée.

— Et puis quoi, que j'ai eu droit à une fouille au corps ?

D'une poche de sa veste, il sortit son calot sombre orné d'un fin liseré or, le plaçant avec application sur son crâne, tout en faisant d'un ton goguenard :

— C'est la stricte vérité…

Elle leva les yeux au ciel, retint un éclat de rire, expédia son message, puis, l'agrippant par son gilet tactique, elle posa ses lèvres sur les siennes en chuchotant :

— Et toi, tu ne fraterniserais pas un peu trop, hum ?

— La gendarmerie est incorruptible, donc je dirais que non !

Soudain, son téléphone sonna. Ignorant ostensiblement Sébastian, elle décrocha :

— Oui Camille, tout va bien, non, mais t'inquiète pas ! Franchement je vais bien. Et toi ? Ah ça tourne à l'émeute, tu files vers la gare ?

Elle lança un coup d'œil à Sébastian qui réorganisait son équipement, consciente que cette parenthèse allait se refermer, et cela l'attrista.

— Oui OK, on se retrouve là-bas, tu t'occupes des billets, j'arrive, pas d'souci ! T'en fais pas !

Il la considéra une seconde, l'air soudain sérieux, comme s'il enfilait à nouveau ses fonctions de gendarme.

— Tu repars ?

— Oui, il faut, Camille est affolée, la faute à tes collègues !

— Ils ont des ordres, mais nous n'allons pas discuter de ça, hein ! Tu pourrais me prêter ton tel, les racailles m'ont dépouillé tout à l'heure, ils ont même chouré mon talkie-walkie, sans déconner !

Elle lui tendit son smartphone et, tandis qu'il contactait son officier supérieur, elle sortait un petit carnet sur lequel elle nota hâtivement deux ou trois mots.

Quelques minutes plus tard, ils arpentaient les rues plus ou moins agitées de la capitale, remontant celle de la Fayette parcourue de plus de forces de l'ordre que de manifestants. Elle n'avait pas besoin d'un quelconque garde du corps, ils le savaient l'un comme l'autre, cependant ils avaient tout autant conscience que dans de trop courtes minutes ils reprendraient chacun leur chemin. Ils repartiraient de leur propre côté afin de retourner à des vies ni antinomiques ni contradictoires, mais aux antipodes l'une de l'autre. Ils n'échangèrent que peu durant le trajet. Leurs pas accordés claquant sur le bitume des trottoirs, sans qu'il soit besoin de plus. Finalement, ils furent à la gare, puis sur le quai, devant le train qui patientait tel un cheval en stalle.

Camille attendait, assise sur un banc. En reconnaissant son amie, visible de loin avec sa longue chevelure rose, elle se précipita vers elle en poussant des cris de joie.

Elle ne sembla même pas remarquer le garde mobile aux côtés d'Alexine.

— Je me suis fait un sang d'encre ! Je te croyais morte !

Alexine éclata de rire, tout en la rassurant :

— Je vais bien !

— Ben ça, je sais pas, vu la vidéo qui tourne sur le Net !

Elle jeta un coup d'œil suspicieux à Sébastian, en ajoutant :

— Et y'a justement ce flic…

— Euh oui, en fait il a été passé à tabac, puis on a été pris en charge par des secouristes, enfin c'est une longue histoire je te raconterai ça dans le train, on aura tout le temps. Tu veux bien aller réserver nos places, j'arrive de suite…

Camille faillit répliquer que c'était inutile, les sièges étant déjà attribués, puis elle remarqua le regard insistant d'Alexine, la tension particulière du policier. Elle ravala sa remarque et grimpa dans le train sur un vague « Oui t'as raison ». De toute façon, elle aurait bien le fin mot de cette histoire !

Restés seuls, Alexine et Sébastian se dévisagèrent, à la fois embarrassés, maladroits et emplis d'une tristesse en inadéquation avec le peu de temps qu'ils avaient passé ensemble.

— Il faut que j'y aille, marmonna-t-elle sans toutefois faire mine de bouger.

Lentement, il l'attira contre lui, sentant sa taille fine ployer sous sa main. Il l'embrassa dans une sorte d'urgence à laquelle elle répondit avec la même intensité. Plein d'hésitations, il fit d'une voix basse :

— J'aimerais te revoir… Qu'en penses-tu ?

Elle lui décocha un sourire, tandis que soulagé, il poursuivait :

— Vais-je devoir consulter tout le listing des fichés « S » afin de retrouver une dangereuse agitatrice… Ou…

Elle éclata de rire, grimpa d'un bond sur le marchepied du train, en s'exclamant :

— Regarde déjà dans des poches, Sherlock !

Il fronça les sourcils, tâtonna les poches de son treillis, sentit un papier plié en quatre, qu'il déplia. Dessus étaient écrits un numéro de téléphone et un prénom : Alexine.

Surpris, il la dévisagea, le cœur battant. Après tout, cette parenthèse allait peut-être s'étendre et trouver une autre dimension. Il glissa à nouveau la feuille dans sa poche, et attrapant la mince jeune fille dans ses bras, il lui prit la bouche d'un baiser joyeux qui les transporta tous les deux. Néanmoins, tout ayant une fin, les portières se refermèrent avec brutalité tandis qu'ils ne parvenaient pas à détacher leur regard l'un de l'autre. Le visage pressé contre la vitre, elle lui renvoya un sourire accompagné d'un « À bientôt » muet, mais qu'il comprit sans effort. Il lui renvoya un clin d'œil, tandis que le train accélérait et l'emportait. Il resta sur le quai, planté dans ses rangers, frissonnant d'un espoir nouveau.

Alexine prit quelques minutes afin de se résoudre à retrouver son amie. Elle remonta le couloir, aperçut Camille assise dans un fauteuil, le nez dans son smartphone. Elle enleva son blouson, le jeta dans le porte-bagages, avant de se laisser tomber sur le siège à côté d'elle. Cette dernière sursauta, releva la tête en chassant les boucles brunes de ses cheveux, et, reconnaissant Alexine, elle s'écria avec soulagement et un peu de reproche :

— Ah ben quand même ! Bon alors, raconte ?

Alexine dénoua son écharpe, un peu trop ostensiblement, tout en marmonnant un vague « bah y'a rien à dire » qui ne pouvait que faire bondir sa copine. Immanquablement Camille se redressa, lui dardant un regard scrutateur.

— Oh que si, tu vas tout me raconter !

Alexine se tortilla, puis fit :

— Tiens, tu as récupéré mon sac à dos, cool.

— Eh, ne noie pas le poisson en changeant de conversation, ça ne marche pas. Regarde-moi un peu en face…

Alexine se troubla, rougit, saisit son sac que Camille avait posé à ses pieds, l'ouvrit, en sortit une brosse à cheveux et, sans répondre, se mit en devoir de remettre de l'ordre dans ses crins de poneys, comme elle aimait à qualifier sa longue chevelure qui cascadait jusqu'à ses reins.

Camille attrapa la brosse à cheveux, en s'exclamant à mi-voix :

— Qu'est-ce qui s'est passé ? Tu as disparu la moitié de la journée, j'te jure, j'étais en panique, je croyais que t'avais été arrêtée et mise en garde à vue !

Elle s'interrompit une seconde, pour lâcher avec un brin d'exaspération :

— Jusqu'à ce que je voie cette vidéo sur les réseaux, de toi et ce CRS ! Tu peux m'expliquer.

Alexine récupéra d'un geste sa brosse, tout en bougonnant :

— Il n'est pas CRS, mais gendarme mobile…

— Et ça change quoi ?

Alexine éclata de rire, repoussa ses cheveux qui avaient retrouvé un peu de lustre, en disant :

— Je sais pas, mais pour lui ça semble hyper important !

Camille la dévisagea quelques secondes, avant de faire d'un ton stupéfait :

— Tu t'es faite ce mec ?

Alexine rougit de plus belle, grommela quelques mots inaudibles, alors que son amie insistait :

— Nan, tu t'es vraiment tapé un flic !

— Bon, écoute, je dirais pas ça comme ça… tenta d'argumenter Alexine tout en se remémorant la force de ses bras autour d'elle, et le panorama des toits de Paris qui soudain tournoyait, pris dans une réalité qui n'appartenait qu'à eux.

— Attends, ôte-moi, d'un doute : tu vas à une manif' pour protester contre les violences policières et quoi, tu te tapes un flic !

Alexine retint un gloussement embarrassé, même si elle avait conscience de ne rien regretter, bien au contraire ! Elle agissait sans calcul, se laissant surprendre par la vie, acceptant ses cadeaux aussi. C'est ainsi qu'Ange était entré dans sa vie. Elle n'avait regretté à aucun moment de lui avoir permis de rester dans sa voiture. Il était son soleil. Aujourd'hui, sa route venait de croiser celle de Sébastian, ce n'était pas un hasard, rien ne l'était à vrai dire, elle en était convaincue.

— C'est un gars intéressant… tenta-t-elle de justifier.

— Mais c'est un flic !

— Il ne se limite pas à son uniforme ! Personne n'est juste que sa fonction !

— Alexine, ce type est un sbire au service d'une milice d'état !

— Tu te trompes, il essaie de survivre, il se bat pour ça, comme toi ou moi.

Elle fouilla une nouvelle fois dans son sac à dos, en sortit un sandwich qu'elle entama avec un vif appétit. Après tout, elle n'avait rien mangé de la journée !

Elle ajouta ensuite, d'un ton qu'elle réussit à rendre à la fois paisible et péremptoire.

— De toute façon, je vais le revoir.

Camille la considéra avec stupéfaction, puis bougonna :

— Toi, dès qu'il y a un cabot à sauver ou une cause perdue à s'occuper, tu te portes volontaire : tu es irrécupérable ma pauvre fille !

La rencontre

La semaine était passée, à la fois très vite, les jours défilant sans qu'on puisse les voir se dérouler, alors même qu'une sorte de langueur avait pesé sur chaque minute, apportant un sentiment oppressant d'urgence, mêlé à une lourdeur, qui faisait soupirer Alexine dix fois par demi-heure.

Elle avait hâte que la semaine prenne fin, moins pour ses cours, que pour la promesse du week-end à venir. Après être rentrée à Strasbourg et avoir retrouvé la tendresse débordante de son Ange, elle avait commencé à échanger des SMS avec Sébastian. Ils parlaient de tout, de rien, reliés par un fil intangible, fondamental, essentiel.

Il était gendarme, oui, mais cela n'impliquait nullement qu'il soit un crétin ! Tout au contraire, au fur et à mesure des échanges, il révélait une intelligence vive, un humour cassant associé à une conception de la vie qui, si elle semblait pragmatique voire cynique au premier regard, n'en était pas moins digne d'intérêt. À vrai dire, il l'intriguait. Leur fugace rencontre n'avait fait qu'exciter sa curiosité. Elle devait aussi avouer qu'il l'attirait et que l'éclat de son regard clair, qui accompagnait sa stature athlétique, n'était pas la moins importante de ses qualités. « La chair est faible » susurrait-elle à Camille, qui levait les yeux au ciel, sans pouvoir s'empêcher de rire.

Après tout, c'était le charme langoureux d'Ange qui l'avait fait craquer, il était presque logique qu'elle soit aussi sensible à celui de Sébastian !

Finalement, le vendredi en fin de journée, elle avait attrapé un mince sac à dos et sauté dans un train en direction de Metz, non sans avoir longuement embrassé Ange. Il la regarda s'en aller, ses yeux bruns emplis de lourds reproches. Il allait passer le week-end avec Camille et des amis de colloc', ce qui lui permettrait de grappiller des miettes inédites des repas, même si cela ne compensait pas l'absence de sa maîtresse, c'était, il fallait le reconnaître, mieux que rien. Une fois la porte refermée sur la mince silhouette d'Alexine, envolée dans un vaporeux nuage rose, il se traîna en maugréant jusque dans le canapé, s'y laissant tomber avec un sens mélodramatique certain. Il s'étala de tous ses poils sur les coussins, sa grosse tête sombre reposant sur l'accoudoir, en lâchant un long soupir.

Alexine, elle, courait jusqu'à la gare, effrayée de louper le train qui faisait la navette entre Strasbourg et Metz. Elle s'y engouffra au moment où les portes se refermaient. Essoufflée, elle s'écroula sur un siège, laissant son esprit dériver, en même temps que son regard, sur la campagne gelée, endormie sous une neige saisonnière. Se posait-elle des questions ? Sans doute, elle était toutefois plutôt impatiente de le retrouver. Serait-elle encore sensible à son charme, ou cela serait une pitoyable déception ? Elle était toutefois un peu trop optimiste pour réellement s'en faire. Elle s'installa plus confortablement dans son fauteuil, enleva sa doudoune avant de sortir un livre de son sac.

Allons, elle avait un peu plus de trois quarts d'heures de trajet, de quoi bien avancer sa lecture ! Détendue, elle se plongea dans le dernier Pierre Bordage, emmenée à la fois par la folie du récit et par le train qui traversait la région figée par le froid. Ses longues mèches d'un rose primesautier, coulaient dans son dos, apportant une lueur printanière dans ces paysages glacés.

Sans qu'elle ne voie le temps passer, la gare de Metz fut déjà là. Avec précipitation elle rangea son roman, enfila son blouson et, attrapant son sac, elle attendit près des portières, son cœur battant soudain plus vite. Une crainte s'insinua dans son esprit, lui faisant monter un stress qu'elle n'avait pas encore éprouvé : serait-il là ?

Son téléphone vibra dans sa poche, elle vit un message qui, en une seconde, apaisa toutes ses puériles angoisses.

Un sobre « Je t'attends » suivi par un cœur lui redonna son peps naturel. C'est donc le sourire aux lèvres qu'elle sauta sur le quai, cherchant la haute silhouette de Sébastian du regard. Tout à coup, une main se posa sur sa taille, elle faillit crier de surprise, mais elle n'en eut même pas le temps, pivotant sur elle-même afin de faire face, elle reconnut dans la même seconde le regard d'un bleu nordique de celui qui l'avait hanté toute la semaine. Son cri de peur se mua en cri de joie et, sans même plus réfléchir, elle lui sauta au cou, posant ses lèvres sur les siennes avec un bonheur sans concession. Il la serra contre lui avec une semblable fièvre, retrouvant la douceur de sa bouche, les courbes tendres de son corps qui épousait le sien avec une complémentarité presque parfaite. Lorsque, le week-end précédent, il l'avait vue dressée devant lui, en une sorte de *pasionaria* comme il en avait vu des centaines, elle lui avait plu, il n'allait pas le nier. Ses bizarres cheveux roses, sa silhouette qu'on devinait fine et douce sous ses vêtements…, néanmoins ce qui l'avait particulièrement frappé, c'était son regard débordant d'autant de feu que de bienveillance.

Cette fille était mignonne oui, mais lors de leurs échanges de ces derniers jours, il avait pris pleinement conscience de ce qui faisait qu'elle était exceptionnelle : c'était son esprit et surtout son cœur. Son caractère lui donnait une beauté rare, contre lequel aucune Miss France n'aurait pu rivaliser. Alors, avec une sorte de bonheur presque fou, il la serra dans ses bras, l'embrassant sans pouvoir s'en lasser. Sans doute auraient-ils pu rester là, sur ce quai, s'il n'avait été battu par un vent froid qui ramenait des bourrasques glacées, pleines de flocons drus qui les piquaient comme autant d'aiguilles.

Le premier, il revint à la réalité, la sentant se raidir sous les attaques de l'hiver.

— Allez, viens, tu vas congeler.

Sans rien ajouter il prit son sac, entoura ses épaules d'un bras et l'entraîna vers la sortie. Une fois devant la gare, il fit :

— Je te propose qu'on aille poser nos affaires et puis nous aviserons de la suite…

Elle hocha la tête, lui renvoyant un sourire plein de rire :

— Ça me paraît tout à fait avisé !

Il esquissa un court sourire, songeant qu'elle était à l'opposé des filles qu'il côtoyait d'habitude : elle était pleine de surprises, remplie d'une gaieté pétillante et d'une finesse d'esprit qui le séduisait, encore plus que la douceur pourtant pleine de promesses de ses courbes. Ils s'avancèrent dans une rue adjacente où il avait garé sa voiture. Il ouvrit la portière côté passager à Alexine avant de lui-même faire le tour et de s'installer au volant. La jeune fille considéra le véhicule avant d'éclater de rire, sans pouvoir s'en empêcher. Elle s'installa sur le fauteuil tout en gloussant de plus belle.

— Mais c'est quoi c'te bagnole ? Et t'arrives à t'y caser dedans ? Tu devrais te présenter à « Un incroyable talent » !

Il tourna la clef de contact, lançant le moteur, avant de répondre avec flegme :

— Ceci est une 205, elle roule, ce qui me suffit, pas envie de claquer mon pognon dans une voiture !

Il rentra une adresse dans le GPS accroché au tableau de bord, avant de poursuivre, son regard clair effleurant les Doc Martens de la jeune étudiante, ses leggins noirs, ses hautes jambières en laine colorées qui remontaient jusque sur ses genoux, sa robe en patchwork de couleurs sombres, son écharpe en laine et ses cheveux roses exubérants :

— Tu as une voiture ?

Elle secoua la tête affirmativement, en dénouant son écharpe.

— Oui, bien sûr, mais pas une comme ça !

— Tu roules en quoi… Attends que je devine, en SUV ou 4X4 c'est ça ?

Étonnée, elle le dévisagea :

— Mais oui ! J'ai une Jeep Wrangler, comment sais-tu ça ?

— Je suis flic, non ?

— Bah, c'est pas écrit sur mon front !

Pour le coup il éclata de rire :

— Quasi ! Étudiante, idées engagées, un peu rebelle, mais quand même avec une éducation d'une certaine catégorie sociale, facile quoi.

— Eh bé je savais pas que la gendarmerie française formait des Columbo !

— Ne rien sous-estimer ! fit-il en lui lançant un clin d'œil.

À peine quelques minutes plus tard, il stoppait sa petite Peugeot rouge sur un quai bordant la Moselle. Ils descendirent, Alexine le regardant un peu perdue.

— Ça ne ressemble pas trop à un hôtel ici…

Il sortit leurs sacs de la voiture, la ferma à clef avant de passer un bras autour de la taille de la jeune fille.

— Ne t'en fais pas, viens.

Elle le suivit avec circonspection, tandis qu'ils empruntaient une mince passerelle menant à une péniche bleue, amarrée là. Sur le chambranle de la porte arrondie, un petit clavier sur lequel il tapa un code qu'il vérifia sur son smartphone. Il poussa la porte, faisant signe à la jeune fille d'entrer. Elle s'avança avec précaution, entrant dans un minuscule hall lambrissé qui donnait sur une pièce unique. Elle laissa son blouson sur une patère, puis pénétra dans une grande chambre, au parquet clair, aux murs en bois blanc percés de hublots qui soulignaient qu'elle se trouvait bien sur un bateau, si elle avait ignoré l'infime roulis. La pièce était douillette, réchauffée par un poêle à bois dont les braises jetaient des lueurs mouvantes dans cette fin de journée d'hiver, où la nuit survenait déjà avec une sorte de brutalité impérieuse. Ne s'attendant à rien de la sorte, stupéfaite, enchantée aussi, elle se retourna vers Sébastian qui posait leurs sacs sur un canapé bleu marine.

Elle l'embrassa avec enthousiasme tandis que les lumières de la ville se reflétaient sur la Moselle gelée. Glissant les mains dans ses cheveux, il murmura :

— Dis-moi, que veux-tu faire ? As-tu faim ? Veux-tu qu'on aille manger quelque part ?

Elle plongea ses yeux dans les siens tout en passant ses mains sous son pull, avant de chuchoter d'un air mutin :

— J'ai faim, oh oui, mais d'une tout autre faim…

Il lui retourna un demi-sourire, retint un éclat de rire. Il se pencha vers elle, lui prenant les lèvres dans un baiser joyeux, presque soulagé.

— À tout te dire je meurs d'envie de te dévorer, je n'ai pensé qu'à ça cette semaine…

Plus tard, enfin, elle fut nue, là, entre ses bras, son corps aux courbes tendres caressé par les rougeoyantes flammes du poêle et les lumières lointaines de la ville. Depuis leur courte et non moins intense rencontre, il n'avait pensé, rêvé et fantasmé qu'après cet instant. Ce soir, il la tenait contre lui, ne pouvant se lasser d'admirer la douceur de sa peau sous ses doigts, le modelé délicat de ses hanches, songeant que la réalité surpassait de loin toutes les projections qu'il avait pu faire. Elle était de surcroît tendre, joyeuse, presque espiègle. Chaque seconde passée avec elle était une bouffée d'oxygène, une source exquise de bonheur pur auquel il venait désaltérer son âme.

Avec un sentiment d'ivresse, presque de peur, il réalisa à la fin de ce week-end de tendresse, de rires, de complicité, qu'Alexine était un piège dans lequel il s'engouffrait tête baissée. En deux jours, elle était devenue une part de son équilibre, un essentiel de sa vie. Cette constatation lui donna le vertige. Comment était-ce possible ?

Lorsqu'il la raccompagna à la gare, son cœur cognait à grands coups dans sa poitrine, terrifié de ne savoir quand il pourrait la revoir, effrayé par ce qu'il éprouvait pour elle, pleins de question sur ses ressentis à elle. Elle grimpa dans le train, légère comme une chevrette, aussi folle sans doute. Elle noua ses bras autour de son cou sans se préoccuper des gens qui montaient dans le wagon. Son regard clair était soudain empli d'une tristesse qu'elle s'évertuait à dissimuler, mais qui transparaissait cependant dans la tension de ses lèvres. Blottie contre lui, elle murmura un simple « Quand » qui à lui seul résumait tout.

Déchiré, il ne put que répondre :

— Je ne sais pas… Tout dépend où mon escadron sera envoyé, donc des manifs…

Elle soupira, nichant son visage dans son cou, tandis qu'il resserrait ses bras autour d'elle.

— Je ferai de mon mieux, si je pouvais je ne te laisserais même pas partir, tu sais…

Elle se redressa, lui renvoya un sourire, tandis que le train sifflait :

— Si je pouvais, je resterais avec toi…

Ils s'embrassèrent avec une sorte de déchirement, puis le train l'emporta, le laissant seul sur le quai battu par l'hiver. Seul planté à la regarder partir, une fois encore.

Cœur à cœur avec mon Ange

La jeune fille secoua la tête dans un nuage de cheveux roses, mit la main sur la poignée de la porte, tourna la tête, croisant son regard noir. Il la considérait sous ses mèches hirsutes, avec une intensité goguenarde, et sans avoir besoin de dire un seul mot, son expression suffisait à elle seule à afficher son manque d'enthousiasme.

— Oui, je sais ! Tu n'as pas envie de faire la queue ! Alors attends-moi là, d'accord ?

Elle lui renvoya un clin d'œil accompagné d'un baiser qui s'envola dans la bise de février, mais que son cœur attrapa au vol. Sans plus se préoccuper de son compagnon agoraphobe, elle entra dans la boutique, faisant résonner le tintinnabulement enthousiaste d'un carillon. Les odeurs chaudes des pâtisseries, sucre et chocolat, lui sautèrent presque au visage. Dénouant son écharpe, les narines frémissantes, elle se planta derrière quelques grands-mères affairées et une quadragénaire excitée. Elle en profita pour admirer les appétissantes créations, tandis que cette dernière, le rose aux joues, pas seulement dû aux rigueurs hivernales, mais plutôt à l'idée de la soirée à venir, choisissait gâteaux et chocolats avec un soin méticuleux. Enfin, ce fut le tour de la jeune fille.

Elle repoussa une longue mèche rose, échappée de son bonnet en laine écrue, et désigna un joli gâteau en forme de cœur qui avait le bon goût de ne pas être au chocolat, son Ange ne le supportant pas. C'était une petite folie, mais bah, c'était leur première St Valentin… Alors…

La pâtissière déposa l'appétissant gâteau, resplendissant d'un coulis à la fraise, dans une boîte rose parsemée de petits cœurs, adaptés à l'occasion. La jeune fille paya et, le cœur bondissant de joie, elle retrouva la froideur de la rue. Une neige hésitante tourbillonnait, portée par un vent plein de bourrasques tapageuses. Elle descendit, heureuse, les deux marches du perron, se cognant presque à une jeune fille frêle qui glissa, trébucha et se rétablit péniblement.

— Oh, pardon ! Je suis désolée, s'excusa Alexine, alors que son compagnon ramassait le bonnet de la jeune fille et le lui tendait avec le sourire le plus engageant qu'il pouvait avoir.

Sans s'arrêter sur sa physionomie, elle le prit, recouvrant ses cheveux châtain clair, au milieu desquels une mèche mauve jetait une touche étrangement inattendue. Sans doute était-elle moins lisse que son apparence ne le laissait penser.

— Pas de souci, tout va bien, merci pour mon bonnet ! De toute façon je ne sais même pas pourquoi je suis là, cette pâtisserie est hors budget pour moi…

Elle lâcha les derniers mots dans un soupir attristé, jetant un ultime coup d'œil navré vers la vitrine débordante de tentations. Alexine sentit son cœur se serrer à la vue de la déception qui sembla envahir la jeune fille. Celle-ci, gênée, murmura :

— Mon copain doit venir passer la soirée avec moi, il travaille en Allemagne, nous ne nous voyons pas aussi souvent que nous le souhaitons et j'aurais voulu… En fait je ne sais pas trop ce que j'aurais voulu, mais du moins lui faire une petite surprise, et mes pas m'ont égarée jusqu'ici.

Elle laissa échapper un rire embarrassé, puis ajouta :

— Eh bien bonne St Valentin en tout cas…

— Attends ! s'exclama Alexine en posant sa main gantée de mitaines multicolores, sur le bras mince de la jeune fille. Attends, répéta-t-elle.

Elle jeta un bref coup d'œil à son compagnon, sachant néanmoins qu'il partageait déjà ses pensées. Puis sans plus hésiter, elle lui tendit le carton rose.

— Tiens, prends, Ange et moi nous n'en avons pas besoin, hein, mon amour ?

Ange approuva en clignant des paupières. La jeune fille, éberluée, bredouilla :

— Non, mais… Non… Voyons…

— Fraise et vanille, ça ne se refuse pas ! Je t'en prie prends-le, ça me fera tellement plus plaisir que de le partager avec mon chou, tu vois bien qu'il va le gober d'une seule bouchée !

La jeune fille lança un coup d'œil à Ange qui la considéra d'un air innocent, un sourire illuminant son regard d'un noir d'encre. Elle éclata d'un rire tout à coup joyeux, dévoilant une part de sa personnalité :

— Bon, d'accord, mais juste pour éviter une indigestion à ton chéri alors…

Alexine lui rendit son sourire, tout en lui confiant le carton :

— Oui, c'est un service que tu nous rends !

Les larmes soudain aux yeux, tenant précieusement le petit paquet rose contre elle, elle embrassa Alexine, jeta un coup d'œil reconnaissant à Ange avant de disparaître en boitillant dans la ruelle.

Alexine se tourna vers son compagnon, haussant les épaules :

— Désolée, elle m'a fait trop de peine, et puis nous, nous n'avons pas besoin de ça, hein ?

L'énorme chien se redressa d'un bond et, appuyant ses pattes avant sur les épaules de sa maîtresse, il l'embrassa d'un généreux coup de langue. Elle le repoussa en protestant, ce dont il ne se formalisa pas le moins du monde. Ses oreilles pendouillant sur ses joues et ses boucles noires cachant à demi ses yeux, il poussa un bref aboiement qui se répercuta sur les façades à encorbellement. Il sautilla avec une joie exubérante, tandis que sa maîtresse s'exclamait :

— Eh bien, nous voici sans dessert !

Elle prit la laisse, plus par convention sociale que par nécessité, le gros Bouvier des Flandres la suivant telle une ombre. Marchant le long des rues bordées de maisons à colombages, elle réfléchit à voix haute :

— Donc pas de cadeau pour ce soir, qu'est-ce qu'on va bien pouvoir s'offrir, hein mon Ange, hormis une bonne action ?

Ange, qui portait ce nom à la suite de leur rencontre sur l'aire d'autoroute Dôle Audelange, la dévisagea, aboyant avec conviction tout en trémoussant son arrière-train d'ours.

— Non ! Impossible d'aller acheter un autre gâteau, tout notre budget de St Valentin a disparu…

Elle frissonna dans une bourrasque un peu plus forte, tandis que la neige semblait vouloir tomber avec sérieux.

— On va déjà un peu marcher, tu as raison, ça nous réchauffera !

Sa voix, sur certaines inflexions, laissait entendre un accent chantant, vibrant du chant de cigales amoureuses, de soleil brûlant et de lavande à l'arôme entêtant. Sur ces pavés froids, battus par l'hiver Alsacien, elle semblait bien loin de chez elle ! Pourtant, elle ne paraissait pas si incommodée, comme si sa nature résolument optimiste et sereine, lui permettait de s'adapter à beaucoup de situations. C'était d'ailleurs ce qu'elle démontrait en cet instant où tous ses plans s'effondraient. Cependant, elle révisait ses projets avec une sorte de tranquillité. Elle ajusta mieux son bonnet sur ses oreilles, déjà rougies par le vent, resserra son écharpe et, suivie par son compagnon, ils partirent déambuler dans les ruelles moyenâgeuses.

Son cœur cependant avait beau résister, la carapace qu'elle s'était forgée se fissurait à chaque pas qu'elle faisait. Elle avait beau faire semblant que cette fête ne comptait pas, c'était faux. Sébastian venait juste de rentrer, elle ne savait encore de quelle mission de maintien de l'ordre, et bien évidemment ils ne pourraient se voir en cette soirée spéciale. Leur première St Valentin. Ce n'était rien et pourtant… Sans qu'elle le veuille, elle envia la jeune fille à la mèche mauve qui passerait cette soirée avec son petit ami. Elle n'aurait pas cette chance. Elle avait fait la brave en faisant semblant que cela ne la touchait pas, que bah, elle était avec son Ange et c'était suffisant. Cela ne l'était pas, évidemment. Un mensonge afin d'accepter sans doute plus dignement la situation. Mais comment faire ? Lui, basé à Hirson, loin là-bas, à la frontière Belge, et elle ici, à Strasbourg. Elle soupira. Inquiet, Ange se tourna vers elle, couina et posa ses pattes velues sur ses épaules, lui léchant la figure avec un amour inconditionnel. Elle l'entoura de ses bras, sans pouvoir retenir une larme, qui dévala sur sa joue rosie par les températures.

L'énorme chien, attristé, laissa gronder un aboiement qui monta de sa gorge, essayant de dire quelque chose à sa maîtresse.

— Quoi ?

Le chien se planta devant elle, la considérant d'un regard profond, il lâcha un nouvel aboiement court et incisif :

— Non, je ne peux pas aller le voir, crois-tu que tout soit si simple ?

La fixant droit dans les yeux, il jappa une fois de plus avec une conviction, qui fit rire la jeune fille, bien malgré elle.

— J'ai cours demain, figure-toi... Comment veux-tu que j'aille voir Sébastian !

Ange s'assit dans la neige, tache sombre sur le blanc scintillant. Il pencha la tête, fronça les sourcils, considérant son amie.

— Mais j'ai cours je te dis ! Allez rentrons, le froid te fait perdre toute rationalité.

Quelques minutes plus tard, ils poussaient la porte du petit appartement qu'ils partageaient avec deux autres colocataires, étudiantes comme Alexine. Sur le chemin du retour l'idée de voir Sébastian avait fait son chemin, insidieusement, aussi lorsqu'elle claqua la porte derrière eux, elle cria :

— Camille !

La jolie brunette aux boucles en bataille passa la tête par la porte de sa chambre, en marmonnant :

— Pas la peine de hurler, j'suis là ! Qu'est-ce qu'il y a ?

Alexine se précipita vers elle, lui exposa son plan d'une voix hachée, retenant sa respiration, stressée que cette dernière ne la trouve ridicule ou inconséquente. Un large sourire éclaira le visage de son amie, qui remarqua d'un ton placide :

— Dans ce cas, va falloir que tu te bouges, c'est pas à côté son bled !

Alexine la serra dans ses bras en criant de joie, avant de se précipiter dans sa propre chambre, Camille n'avait pas tort.

Après cinq bonnes heures de route, Alexine entra enfin dans la petite bourgade et, suivant les indications de son GPS, elle parvint sans encombre à la caserne de la gendarmerie. Elle ne savait pas trop ce qu'elle dirait, mais, bah, elle improviserait. Lorsqu'elle se présenta à l'entrée, quelques minutes plus tard, un jeune gendarme l'arrêta devant une barrière baissée, lui demandant ce qu'elle voulait. En quelques mots, elle lui brossa la situation, lui sourit, espérant avoir l'air suffisamment convaincante. Elle dut l'être, car il hocha la tête et souleva la barrière. Il lui indiqua le bâtiment où logeait Sébastian et où elle pouvait se garer. Elle roula au pas dans la caserne dont les façades des bâtiments, moitié grises moitié brique, n'inspiraient pas la joie de vivre. Le temps maussade, froid et pluvieux, n'aidait pas à rendre le tableau idyllique. Mais elle s'en fichait, le soleil, elle l'avait dans le cœur. Elle se gara en face du bâtiment que lui avait désigné le garde.

Fatiguée par le long trajet, elle s'étira avant de couper le contact et sauter de sa Jeep. Elle attrapa un sac, puis poussa la porte d'entrée. Elle ne savait trop quelle folie l'avait conduite ici, ou plutôt, elle savait trop bien qu'elle était cette folie. Alors, le cœur battant, se posant mille questions, elle était à la fois excitée, angoissée et incapable de penser que sa présence ici était une erreur. Son cœur n'était qu'un maelstrom d'émotions, qui pourtant toutes, ne tournaient qu'autour d'une seule évidence : elle avait besoin de voir Sébastian. Elle avait besoin de sentir ses bras autour d'elle, se perdre dans son regard bleu, afin de seulement pouvoir exister. Lorsqu'il était à ses côtés, l'air n'avait pas la même saveur, le ciel la même luminosité tandis qu'*a contrario* rien ne semblait avoir de sens lorsqu'il n'était pas là. Alors tant pis pour ses cours, pour une fois, pour une unique fois de sa vie sans doute, elle s'accordait un acte irréfléchi, déraisonnable au vu de la logique, et cependant sensé pour son cœur.

Elle monta les escaliers menant au deuxième étage, chercha le numéro de la porte, toqua par acquit de conscience, bien que le garde lui ait dit que l'adjudant-chef ne serait sans doute pas encore rentré. Sans même s'en faire, elle enleva son blouson, le posa sur le sol au carrelage froid et moche, et s'installa dessus ; les fesses sinon au confort, du moins isolées du contact. Elle sortit un livre et commença sa lecture, affichant un flegme qu'elle n'éprouvait pas. Elle entendit des pas grimper l'escalier. Le cœur tressautant, elle guetta avec espoir celui qui arrivait. L'uniforme ne pouvait évidemment la renseigner, puisque tous faisaient partie de l'escadron de la gendarmerie mobile, cependant au lieu d'un grand blond, elle vit un solide brun se planter devant elle. Il lui envoya un court sourire, lâchant d'un ton plutôt joyeux :

— Une jolie fille devant ma porte, à quoi est dû un tel miracle ?

— Oh désolée, mais j'attends Sébastian… bredouilla-t-elle avec un certain embarras.

— Je m'en doute, tu dois être Alexine, n'est-ce pas ?

Prise de court, elle bafouilla un vague :

— Heu, oui, mais comment savez-vous ? Ah oui, les cheveux roses !

Il hocha la tête :

— Le charme aussi, Sébastian était en dessous de la vérité. Mais bref, tu ne vas pas rester là, assise par terre, attends, viens je t'ouvre sa porte.

En moins de deux et sans qu'elle ne puisse protester, elle s'était retrouvée propulsée dans le studio de Sébastian, à la fois émue et gênée d'entrer dans son intimité sans qu'il le sache. C'était un studio sobre et factuel, meublé d'un lit, bureau et armoire. Tout était rangé, le lit était impeccablement fait, et rien n'apportait de touche très personnelle hormis un ordinateur portable posé sur le bureau, ainsi que quelques photos épinglées dans un cadre accroché à côté du lit. Intimidée et pourtant tirée par une soudaine curiosité, elle s'approcha du cadre. Sans surprise, il y avait là des photos de ses parents, de ses frères et sœur, de sa famille qui sans doute lui manquait. Néanmoins, avec une vraie stupéfaction qui lui fit rater quelques battements cardiaques, elle vit une photo d'elle qu'il avait prise, quelques semaines auparavant. Elle était là, lui souriant, tenant Ange dans ses bras, dont le regard sombre semblait dire : « C'est moi qu'elle préfère » ! Elle se souvint de leur fou rire, ce qui la détendit. Sur une autre photo, ils étaient tous deux enlacés pour l'un des rares selfies qu'il avait condescendu à faire. Comme quoi il avait été plutôt content, *in fine*, de l'avoir fait !

Rassérénée, elle remarqua un petit réfrigérateur dans un coin, sur lequel trônait une cafetière. Elle fouilla dans son sac, en sortit diverses boîtes et bouteilles qu'elle casa sans peine dans le frigo à demi vide, si on exceptait deux canettes de bière belge.

Une fois fait, elle jeta un coup d'œil à sa montre, se dit que le temps allait être long. Elle soupira, lissa sa robe pull, courte et moulante qui, elle le savait, soulignait sa mince silhouette. Elle jeta un coup d'œil par la fenêtre donnant sur le parking, impatiente. Elle ne vit rien d'autre que la pluie qui s'écoulait, molle, presque huileuse, sur les carreaux. Elle tourna sur elle-même, hésitante : que faire pour meubler l'attente ?

Cédant à une pulsion, elle ouvrit les portes de la penderie, passant sa main sur ses vestes, respirant avec vertige son odeur qui imprégnait les vêtements. Le cœur affolé, presque honteuse, elle la referma précipitamment. Afin de se donner une contenance, elle sortit son livre, enleva ses lourdes Doc Martens, qu'elle laissa tomber sur le carrelage. Elle s'installa sur le lit, essayant de se concentrer sur sa lecture, même si mots et phrases se télescopaient, dansant devant ses yeux, et ne semblaient avoir aucun sens.

Au bout de plusieurs siècles d'une attente interminable, elle perçut des pas, le bruit d'une clef dans la serrure, le grincement de la porte qui s'ouvrait. Avec fébrilité elle se redressa, le sang battant à ses tempes lorsqu'elle reconnut la haute silhouette de Sébastian. Un sourire naquit sur ses lèvres qui pourtant s'évanouit aussitôt. Poussant la porte d'un coup d'épaule, Sébastian entrait dans la pièce, entraînant à sa suite une jeune gendarme qui, collée à lui, roucoulait comme une perruche. Sidérée, Alexine demeura figée une demi-seconde, si ébahie qu'elle ne put que rester là, les yeux fixés sur le couple enlacé. Cela permit néanmoins à Sébastian de remarquer les bottes noires ornées de fleurs qui traînaient à côté de son lit, puis la jeune fille dont la masse rose de sa chevelure était comme une note de bonheur dans la grisaille de cette fin de journée.

À son tour stupéfait, il ne put que bredouiller :

— Alexine !

Le son de sa voix parut la sortir de son état de sidération. D'un bond, elle attrapa ses bottes, les enfila, ramassa son blouson, tandis que, s'avançant vers elle, il murmurait avec une sorte d'affolement dans la voix :

— Qu'est-ce que tu fais là ?

Elle pivota afin de lui faire face, rivant son regard dans le sien.

— Qu'est-ce que je fais là ? Elle s'étrangla presque sur les mots, prise par une colère qui allait *crescendo*. C'est la St Valentin abruti ! Mais je vois que tu avais trouvé de quoi t'occuper… fit-elle en désignant la gendarmette, qui la dévisageait avec une hostilité palpable.

Elle lui retourna un regard glacial, méprisant :

— Tu aurais pu mieux choisir, elle n'est même pas mignonne…

Furieuse, vexée, la « pas mignonne » la saisit par un bras en crachant :

— Tu te prends pour qui, pauvre conne ?

Alexine, à bout de nerfs, se dégagea d'un geste. Sans l'avoir calculé, elle serra le poing et lui envoya un coup sec en plein visage. L'autre, prise de court, ne put esquiver. Qui aurait pu croire que cette délicate étudiante ait eu des notions de boxe ? Elle le ramassa dans le nez, valdinguant au sol dans un cri de douleur et de surprise, accompagné par une gerbe de sang.

Effaré, Sébastian saisit Alexine aux épaules mais, presque hystérique de colère, elle le repoussa, blême.

— Ne me touche pas, sinon je t'en mets un aussi !

Elle attrapa son sac et s'enfuit en courant, ayant l'impression d'avoir, elle aussi, reçu un coup droit dans le cœur. Elle dégringola les deux étages, portée elle ne savait comment par ses jambes vacillantes. Elle entendait Sébastian crier son prénom, ce qui ne la fit pas ralentir, bien au contraire ! Apercevant sa voiture, elle courut vers elle avec un soulagement qui la faisait trembler, tandis qu'elle retenait des sanglots sans savoir s'ils étaient de peine ou de rage. Des deux sans aucun doute…

Elle ouvrit son sac d'une main tremblante, chercha ses clefs, les trouva, tandis que Sébastian l'avait rattrapé et s'exclamait :

— Ce n'est pas ce que tu crois ! Laisse-moi t'expliquer, je t'en prie !

Affolée, elle laissa échapper ses clefs qui tombèrent sur l'asphalte détrempé. Elle les ramassa avec fébrilité, ne cherchant qu'à mettre le plus de distance possible entre lui, ses mensonges, et son propre cœur exsangue. Elle parvint enfin à ouvrir la portière, concentrée à ne pas laisser filer la moindre larme devant lui.

— Alexine je t'en prie, ne pars pas comme ça ! Dis-moi quelque chose…

Elle se jeta dans sa voiture, agrippa la porte, toutefois, comme piquée au vif, elle hurla :

— Putain de connard d'abruti de merde !

Puis elle démarra en trombe, le frôlant au passage. Il fit un bon de côté, regardant la Jeep disparaître. Il resta là, sous la pluie, désemparé, sans savoir que faire, sans même vraiment réaliser qu'il avait tout gâché.

Lentement il rentra dans son studio, la fille s'y trouvait encore, maugréant il ne savait quoi. Sans un mot il la saisit par un bras et la jeta dehors, sans se préoccuper de ses protestations. Il referma la porte dans un claquement furieux. Peut-être cria-t-elle, si ce fut le cas, il l'ignora où s'en désintéressa. Il se laissa tomber sur le lit, prit son smartphone et, avec une hâte désespérée, tenta d'appeler Alexine. Bien sûr elle ne répondit pas, c'était à prévoir. Il étouffa un juron. Il se résolut à lui envoyer un message sans savoir si elle le lirait. Il devait lui parler, il devait lui expliquer. Il lui était impossible de rester là, sans rien faire, afin d'endiguer cette débâcle.

Il jeta ses mots sur WhatsApp comme on lance une bouteille à la mer, avec un espoir rageur. Puis, rangeant son téléphone dans la poche de son treillis sombre, il alla toquer à la porte d'Evan, son meilleur ami et partenaire. En manif', il portait le bouclier, aidé par sa haute taille et sa solide carrure, tandis qu'Evan, muni d'un flash-ball, était son fusilier. Ce dernier lui ouvrit la porte, le laissant entrer. Sans un mot, il lui tendit une bière, tandis que Sébastian se laissait choir sur un canapé fatigué, dans lequel ils avaient suivi tant de matchs de foot ensemble. Ce soir, l'ambiance n'était pas à rire. Finalement Evan constata d'un ton calme :

— T'as merdé…

Sébastian hocha la tête, buvant sa bière, sans rien dire.

— Tu comptes faire quoi ?

— Elle a pété le nez de Naya, remarqua simplement Sébastian.

— Quoi ? Ta p'tite étudiante lui a foutu un pain ?

Soudain, Evan éclata de rire, son ami le dévisagea avant de joindre son rire au sien, ce qui lui fit du bien. L'étau qui comprimait son cœur se desserra une fraction de seconde. Il se sentit moins seul et pitoyable. Brusquement, il perçut les vibrations de son smartphone contre sa cuisse. Il sursauta, le sortit précipitamment de sa poche, le cœur en apnée, espérant à en crever que ce soit Alexine. Avec étonnement et déception il vit le numéro de la brigade s'afficher sur l'écran.

— Adjudant-Chef Sébastian Delannoy.

À l'autre bout du fil, il entendit quelqu'un prendre son souffle, avant de lâcher :

— Il faudrait que vous veniez, tout de suite, il y a eu un accident… On a trouvé votre numéro dans son téléphone.

Si Sébastian n'avait pas été assis, sans doute serait-il tombé. Dans un recoin de sa tête, il enregistra l'adresse que son interlocuteur lui donna, puis il se leva, habité par un grand froid et une détermination non moins grande. Alexine était blessée… La phrase tournait dans sa tête tel un oiseau malade. Evan posa une main sur son épaule, comme il le faisait lors d'interventions musclées, en lâchant :

— Je t'accompagne et c'est moi qui conduis, pas besoin que tu te plantes toi aussi…

Quelques minutes plus tard, qui parurent durer des heures, ils parvinrent dans un virage de la nationale, un endroit particulièrement accidentogène. Chaque année on dénombrait des morts. Sébastian serra les mâchoires, le regard fixé sur les gyrophares qui tranchaient crûment les ténèbres. Il chercha du regard la Jeep, ne vit qu'un camion à demi en travers de la route. Evan stoppa la voiture et déjà, il sautait à terre, se dirigeant vers les pompiers qui s'agitaient. La pluie tombait toujours, froide, désagréable. Il ne la sentait pourtant pas, tenaillé par une peur qui menaçait de le noyer. Ses rangers claquaient sur l'asphalte tandis qu'il courait presque. Un gendarme s'approcha de lui, l'interceptant au passage. D'un geste, il lui désigna une masse sombre en contrebas de la route, autour de laquelle les pompiers allaient et venaient. Sans même écouter ce qu'il lui disait, il se précipita, dévala la courte pente boueuse, courant vers la voiture qui se tenait en équilibre sur trois roues. Elle avait dû faire quelques tonneaux avant d'atterrir là, ne ressemblant plus vraiment à une Jeep Wrangler, mais bien plus à un amas de tôles. Le moteur fumait sous les projecteurs installés par les pompiers. Ces derniers s'affairaient dans un ballet auquel il ne prêta aucune attention. Il marcha jusqu'à l'avant du véhicule, terrifié. Enfin, il la vit, elle était toujours sur son siège, aussi pâle que si elle était morte et, une seconde, il le crut. Un médecin se tenait à côté d'elle, la portière ayant déjà été découpée afin de donner accès à la jeune blessée.

— Alexine ! hurla-t-il, poussant le pompier sans même y accorder la moindre importance, épouvanté qu'elle soit morte, là, seule sous la pluie, par sa faute qui plus est…

Soudain, elle frémit, ouvrant péniblement les yeux, laissant couler un mot dans un simple souffle :

— Sébastian…

Elle était couverte de sang, son visage constellé de coupures diverses, par chance aucune ne semblait très grave. Il s'agenouilla dans la boue, maladroit, affolé, sans entendre le médecin râler après lui. Il lui caressa la joue, du bout des doigts tout en murmurant des mots inutiles et cependant essentiels.

— Je suis là, tout va bien…

— Sébastian… fit-elle avec un peu plus de force, comme si elle ne pouvait croire à sa présence.

— Je suis là Alex', ne t'inquiète pas…

— Si vous vous poussiez et que je pouvais bosser adjudant, on pourrait en effet ne pas s'inquiéter, récrimina le médecin.

Sébastian lui renvoya un coup d'œil furieux, mais il recula toutefois afin de le laisser s'occuper d'Alexine. Avec dextérité, il plaça une perfusion à la jeune fille, essuyant le sang qui coulait sur son visage, notant ses contusions, vérifiant ses constantes.

— Comment va-t-elle, gronda Sébastian avec une inquiétude qui le faisait trembler.

Le docteur le dévisagea un instant, se redressa, afin de faire à mi-voix :

— Compte tenu de l'accident, elle ne va pas si mal. Mes collègues vont la désincarcérer, et ensuite on pourra y voir plus clair. Mon souci réside dans ses jambes coincées par le moteur. Pour le reste elle n'a que des chocs superficiels. Elle a eu de la chance et un bon air bag.

Il ajouta ensuite, d'un ton un peu moins distant et professionnel :

— Vous êtes son p'tit ami ? Son compagnon ? Alors restez à côté d'elle, rassurez-la en attendant qu'on puisse la dégager. Pour l'instant elle est stabilisée. Elle est en état de choc, donc peu importe ce que vous lui direz, mais il faut qu'elle reste consciente. Je reviens, je vais voir avec mes collègues comment on va procéder.

Sébastian hocha la tête puis, se désintéressant du médecin, il s'agenouilla à nouveau dans la boue, sans se préoccuper de l'eau glacée ou de salir son uniforme. Rien d'autre n'avait d'importance qu'Alexine qui le dévisageait, des larmes s'écoulant une à une de ses yeux écarquillés par la souffrance. Il glissa sa main sur la sienne, ses doigts étaient glacés, presque inertes. Elle fit pourtant un effort pour se dégager, en vain, tandis qu'elle gémissait, son corps mince secoué de sanglots.

— Ne t'agite pas, les pompiers vont te sortir de là, tout va bien se passer.

Il aurait voulu la tenir dans ses bras, mais c'était impossible. Il se contenta de serrer ses doigts gelés et de les embrasser un à un, désespéré au-delà des mots d'être aussi inutile.

— Tu as mal ?

Elle se mordit les lèvres, secouant imperceptiblement la tête de bas en haut, laissant échapper dans un gémissement de douleur :

— Oui, mais c'est au cœur que j'ai mal…

Prenant une respiration, essayant sans doute de juguler les larmes qui débordaient sans aucun contrôle, elle ajouta dans un faible cri, brûlant de peine :

— Tu ne devrais pas être là…

— Évidemment que si ! Je t'aime Alex' ! Tu ne l'as pas compris ?

La pluie ruisselait sur son visage, sans qu'il sache si c'était vraiment la pluie ou ses larmes qui inondant son âme s'écoulaient sans qu'il le réalise.

— J'ai fait l'con, c'est vrai, mais je t'aime, que tu veuilles le croire ou non c'est la vérité !

Elle ferma les yeux, épuisée, trop bouleversée par les derniers événements pour pouvoir penser. Elle n'était plus réduite qu'à des sensations de douleurs et de peur. Dans son désarroi, son seul ancrage était la présence de Sébastian. Ses doigts sur les siens, son regard étrangement intense dans les lueurs crues des projecteurs et des gyrophares, sa voix rauque si rassurante. Les mots s'insinuaient avec difficultés dans son esprit, pourtant rejetés par la colère qu'elle éprouvait. Dans un murmure presque inaudible, elle fit :

— Est-ce que tu pourras prévenir mes parents…

Son regard était presque suppliant, tandis qu'elle ajoutait :

— Ne laisse pas l'un de tes collègues le faire, ma mère va être aux cent coups… Dis-lui que ça va, d'accord ?

— Ne t'en fais pas, je les appellerai.

— Et Camille aussi ! s'écria-t-elle tout à coup avec un regain de force dû à une brusque bouffée d'angoisse. Qui va s'occuper de mon Ange ?

— Je vais contacter ta copine aussi, et elle s'occupera d'Ange, tout va bien se passer.

Il avait vu de nombreuses personnes en état de choc, blessées et effrayées, c'était une chose de rester calme face à de parfaits inconnus, cela en allait autrement maintenant que c'était Alexine… Il se sentait démuni, inutile. S'il l'avait pu, il aurait remonté le temps faisant que rien de ce gâchis total ne survienne, mais c'était impossible, la vie n'offrant qu'un seul essai. Il lui fallait à présent gérer les conséquences de ses peurs.

— Et ma voiture ? s'enquit la jeune fille, crispant ses doigts sur les siens.

Que réalisait-elle de sa situation ? Il l'ignorait, cependant, comme la plupart des blessés, l'état de choc l'amenait à focaliser sur certaines problématiques mineures, éloignées de la réalité.

— Je m'en occuperai aussi, ne t'en fais pas…

Au vu de l'état de la Jeep, il savait qu'il n'y avait aucune autre option que la casse, mais il se garda de le dire à Alexine. Il savait combien elle tenait à sa voiture, offerte par son grand-père le jour de l'obtention de son permis. Il était inutile de la stresser, il serait toujours temps de le lui dire, mais pas maintenant alors qu'elle était là, terrifiée et couverte de sang.

Finalement, les pompiers parvinrent à la dégager du carcan de tôle où elle était prisonnière. Elle fut allongée sur une civière, sous une pluie battante qui diluait le sang s'écoulant des multiples blessures de ses jambes. Le médecin fut forcé de réduire sommairement sa fracture ouverte, impossible de la transporter ainsi. Elle s'évanouit sous le coup de la douleur, tandis qu'il en profitait afin de remettre son genou gauche déboîté. Enfin prête pour le transport, elle fut hissée dans l'ambulance, Sébastian s'installant à ses côtés. Un pompier lui signifia qu'il ne pouvait pas les accompagner, toutefois le gendarme lui rétorqua froidement, une lueur menaçante dans la voix et dans les yeux :

— Virez-moi du camion alors…

Les pompiers le dévisagèrent, puis le médecin haussa une épaule blasée avant de faire signe de démarrer. Il n'était pas là pour en venir aux mains avec un garde mobile, mais pour amener cette jeune fille dans les meilleures conditions possibles en milieu hospitalier. Il faisait partie d'une chaîne, celle des secours, pas celle de la répression.

Enfin, toutes sirènes hurlantes, l'ambulance fonça vers l'hôpital le plus proche. Alexine se mordait les lèvres afin de ne pas hurler de douleur, non pas tant de ses blessures, mais à cause de son cœur qui ne comprenait plus rien. Sébastian était là, les yeux rivés sur elle, lui tenant la main sans jamais la lâcher, lui murmurant des mots d'une tendresse si absolue qu'elle ne pouvait empêcher son cœur de battre plus fort, alors que son image en train d'en enlacer une autre, dansait sans fin devant ses yeux…

Elle fut presque soulagée lorsque, parvenant aux urgences, elle fut emmenée directement en salle d'opération. Sébastian resta là, dans son uniforme sombre, trempé, au milieu d'une salle encombrée de personnes attendant on ne savait quoi. Les gens le regardaient bizarrement, lui, son treillis ruisselant, ses rangers boueuses et son visage tendu par l'inquiétude.

Il ôta son calot d'un geste agacé, le rangea dans l'une de ses poches, tournant en rond avec toute la détresse d'un tigre enfermé dans une vie trop étroite. Finalement, il sortit le téléphone d'Alexine que les pompiers lui avaient remis, se résignant à la pénible tâche de prévenir les proches de la jeune fille. Il se plaça dans un coin relativement tranquille, cherchant le numéro de ses parents dans son carnet d'adresses. Le fond d'écran du smartphone offrait tour à tour une photo d'Ange, la langue pendante sur un sourire et une photo de lui-même, prise lors de leur premier week-end ensemble : il souriait aussi largement que le Bouvier ! Il fut surpris, son cœur fit un étrange et douloureux salto dans sa poitrine, tandis qu'il réalisait combien il s'était trompé. Elle tenait à lui, bien plus qu'il le pensait…

Il s'efforça de reprendre son contrôle, trouva un numéro avec écrit « maman », et appuya sur appel.

Une sonnerie retentit. Il savait que lorsque la personne répondrait, il ferait voler en éclat sa quiétude.

Une voix à la fois ferme, douce, avec un accent aussi chantant que celui d'Alexine, répondit joyeusement :

— Oh, ma chérie, c'est toi ?

— Excusez-moi Madame, ce n'est pas Alexine, mon nom est Sébastian…

Un blanc se fit, le temps que la stupeur fasse place aux questions :

— Sébastian ? Le p'tit ami d'Alex' ?

— Oui… Écoutez, elle vient d'avoir un accident de voiture, mais tout va bien, ne vous affolez pas.

— Un accident !

— Il semblerait qu'un poids lourd ait percuté son véhicule, l'enquête en dira plus à ce sujet. Elle est actuellement en salle d'opération. Elle a une jambe cassée et quelques contusions, elle s'en tire très bien, rassurez-vous. Je vous tiens au courant quand j'en saurai plus.

Il la laissa un peu abruptement, espérant avoir été assez rassurant, mais la gestion humaine n'était pas son fort ! Ensuite, il appela Camille l'amie et colloc' d'Alexine, lui expliquant en quelques mots la situation et lui enjoignant de s'occuper du chien. Cela sonna un peu comme un ordre, mais il s'en fichait, il avait bien d'autres inquiétudes à gérer !

Une fois ceci fait, il se remit à tourner en rond dans la salle d'attente surpeuplée, crispé par les pleurs des enfants, écœuré par les odeurs de désinfectant industriel mêlées à celles lourdes de vomis, et métalliques du sang. Des infirmières éreintées allaient et venaient, et pas une n'était capable de lui donner des nouvelles d'Alexine. Il ne pouvait que rester là à se ronger les sangs, dans une situation où ni sa haute taille ni son uniforme ne changeaient rien. L'attente dura des heures, enfin une infirmière demanda s'il y avait des proches d'Alexine Roux. Il se leva d'un bond de l'inconfortable siège sur lequel il s'était écroulé, de guerre lasse.

Il la suivit à travers de longs couloirs recouverts d'un linoléum jauni pour se retrouver dans une autre salle d'attente. Au bout de quelques minutes, un homme pressé jaillit par une porte, se présentant comme le chirurgien ayant opéré Alexine.

La double fracture de sa jambe droite avait été réduite, consolidée à l'aide de plaques et de vis. Elle ne devrait pas avoir de séquelles de son accident, ce qui était la meilleure des nouvelles de toute cette effroyable soirée.

— Je veux la voir ! gronda-t-il, à bout de nerfs et de patience.

— Elle est en salle de réveil et...

Bousculant le médecin sans l'écouter d'avantage, il se précipita dans la salle de surveillance post-interventionnelle, sans se préoccuper d'autre chose. Une dizaine de lits étaient occupés par des patients à tous les stades du réveil. Le médecin s'élança à sa suite, furieux, toutefois autant arrêter un char d'assaut en pleine charge !

Enfin il aperçut la jeune fille, étendue sous des draps blancs, une jambe lourdement plâtrée reposant à mi-hauteur. Drain, perfusion et monitoring s'assuraient de sa bonne condition, ainsi que de son réveil après l'anesthésie.

Ses cheveux étaient sommairement attachés, tandis que ses plaies au visage avaient été soignées. Elle était d'une pâleur cadavérique sous ses pansements. Alors même que des infirmiers s'avançaient vers lui, il les ignora, ne se préoccupant que d'elle. Il se pencha, l'embrassa doucement sur la tempe, tout en murmurant à son oreille :

— Je t'aime Alex'…

Il ne savait pourquoi il ne le lui avait pas dit plus tôt, ou il ne le savait que trop bien, cependant ce soir, il ne pouvait cesser de le lui dire et de le lui répéter comme si rien d'autre ne comptait. C'était certainement vrai.

Était-ce sa voix ou les médicaments, peu importait du reste, elle frémit, battit des paupières tandis que les infirmiers, s'adressant à Sébastian, lui ordonnaient de sortir. Il se redressa de toute sa taille, leur dardant un regard glacial :

— Je vais rester avec elle et tout sera calme, ou bien vous tentez de m'évacuer et ça va se compliquer… c'est comme vous voulez…

D'un coup d'œil, ils consultèrent le médecin qui, passant une main sur son visage fatigué, préféra laisser tomber. Les infirmiers battirent en retraite, soulagés. Sébastian, lui, reporta son attention sur Alexine qui émergeait lentement, son regard printanier encore embrumé par l'anesthésie. Même si sa tête pesait des tonnes, elle parvint néanmoins à la bouger, la tournant afin de le dévisager, sans être bien certaine de ne pas rêver. Son cerveau semblait aussi lourd que sa tête, et les seuls souvenirs qu'elle conservait, étaient les images de Sébastian tenant entre ses bras une autre qu'elle. Ce souvenir semblait inscrit au fer rouge dans sa mémoire pourtant chancelante. Non, il ne pouvait pas être là. Pourquoi le serait-il ?

Malgré cela, elle sentit l'illusion du grand gendarme lui prendre la main, se pencher vers elle, l'embrassant doucement sur la tempe. Il murmura quelque chose qu'elle ne comprit pas, encore trop saisie et comateuse. Avec difficulté, essayant de percer le mystère, elle souleva sa main, effleurant son visage dont la barbe naissante crissa sous ses doigts.

— Je suis là Alex', tout va bien. Tu es à l'hôpital. Tu as eu un accident, tu te souviens ?

Il prit sa main dans la sienne, rivant son regard sur elle. Inquiet et néanmoins soulagé qu'elle aille plutôt bien, vu les circonstances.

Elle ferma les yeux, se remémorant soudain le camion qui avait abordé le virage en mordant sur la courbe, et elle qui arrivait en face. La pluie, les larmes obscurcissant ses perceptions en même temps que son cœur dévasté, qui l'empêchait de respirer, avaient amoindri ses réflexes. Elle ne se souvenait pas de grand-chose, un choc énorme, l'impression de voler, la douleur, la peur aussi, puis des voix, des cris, des lumières crues et enfin une main qui, emprisonnant la sienne, la retenait afin qu'elle ne coule pas.

Elle ouvrit à nouveau les yeux, croisa son regard bleu plein de troubles qu'il s'efforçait de juguler, tandis que sa main ne la lâchait pas. Elle ne souffrait pas vraiment, pas encore du moins, tout son corps étant comme confit dans du coton. Avec un effort intense elle ouvrit la bouche, laissant échapper un filet de voix :

— Tu étais là hein…

Il fronça les sourcils, lui sourit :

— Sur les lieux de l'accident ? Oui je suis venu dès que j'ai su…

Elle essaya de se redresser, en vain, agitée par des émotions contradictoires et intenses :

— Mais… Pourquoi, bafouilla-t-elle.

Il s'apprêtait à répondre lorsqu'un médecin s'avança vers la jeune fille, jetant un simple coup d'œil vers le gendarme à son chevet. Il ne fit cependant aucune réflexion, se contentant d'examiner sa patiente.

— Eh bien jeune fille vous revenez de loin, mais tout va bien.

Il fit signe à un aide-soignant qui, attrapant le lit, le poussa hors de la salle vers une chambre aux murs blancs. Il veilla à la bonne installation de la perfusion, redressa le lit de la blessée, et la laissa sur un bonsoir, non sans avoir considéré le gendarme avec effarement. Il ne dit pourtant rien, se contentant de refermer la porte.

Ayant un peu repris le contrôle de ses pensées, Alexine répéta sa question, d'un ton plus insistant :

— Pourquoi es-tu ici ?

Elle fut cependant à nouveau interrompue, cette fois par la sonnerie d'un téléphone. Il extirpa son smartphone de l'une des poches de son treillis sombre, glissant à la jeune fille :

— Excuse-moi, je dois répondre…

Puis il se tourna, lança un bref « Oui mon capitaine » qui, elle ne savait pourquoi l'énerva. Elle soupira, contrariée. Sa jambe commençait à l'élancer et sa perfusion à la gratter. Tout en écoutant attentivement son interlocuteur, Sébastian fouilla dans ses poches, en sortit un autre téléphone qu'il lui tendit. Elle reconnut le sien, se demanda une seconde comment il avait atterri entre ses mains, mais laissa cette question de côté.

Machinalement elle vérifia ses mails, se dit qu'elle répondrait plus tard, parcourut mollement ses notifications et tomba sur un message envoyé par Sébastian. Sans même réfléchir elle l'ouvrit :

« Tu es en colère après moi, je sais, je le suis aussi, mais depuis que je t'ai rencontrée je ne vis pas : je survis entre deux moments où nous nous voyons. Sans doute ne t'en es-tu pas rendu compte, mais je suis tombé amoureux de toi à l'instant où tu t'es plantée devant moi, avec ton air de madone prête à sauver le monde. Depuis je ne vis que par ton regard, je ne vis aussi que dans la peur. Celle de ne pas te voir, celle que tu me laisses un jour réalisant que je ne suis qu'un type très ordinaire, tandis que tu n'as que l'embarras du choix pour avoir des gars tellement plus intelligents... Et ça me terrifie. Ce soir j'étais à bout, je voulais être avec toi, je me sentais seul, seul et triste ; et y avait cette fille qui me branche depuis des lustres. Alors oui j'ai eu tort, je le reconnais, mais... je t'en prie réponds-moi ! »

Effarée, elle crut que son cœur s'arrêtait de battre, tandis qu'une vague brûlante l'étouffait presque. Elle se mit à trembler, voulut se lever, ce qui était impossible, tandis que des larmes qu'elle ne sentait pas, coulaient une à une sur son visage blême.

Coupant court à son entretien, Sébastian se précipita vers elle, sans comprendre son désarroi :

— Eh tout va bien Alex' !

Épuisée physiquement et moralement, elle éclata en sanglots, se raccrochant à lui. Il la serra dans ses bras, percevant les battements désordonnés de son cœur, tandis que sans prendre garde à sa perfusion, elle se cramponnait à lui.

— Je suis désolée...

Il resserra ses bras autour d'elle, essayant par là même de lui transmettre tout son amour :

— Tout est ma faute, tu n'y es pour rien ! Je suis trop con par moments !

Elle se redressa, cherchant son regard :

— Non !

Elle fit un geste avant qu'il l'interrompe.

— Laisse-moi parler, je t'en prie. Les toubibs m'ont bourrée de tellement de calmants que je vais m'effondrer dans cinq minutes ou faire une overdose.

Elle s'interrompit une seconde, reprit son souffle, son cœur battant de manière si précipité qu'elle en avait la tête qui tournait.

— Je n'aurais pas dû réagir comme je l'ai fait, après tout tu ne m'appartiens pas…

Il ouvrit la bouche, voulant protester, mais elle secoua la tête, sans lui laisser le temps de parler.

— Demain je n'aurai peut-être plus le courage de te dire ça, alors je t'en supplie laisse-moi parler. Tu dois l'entendre.

Un ton plus bas, elle reprit :

— Ce matin, j'ai fait semblant que de ne pas te voir aujourd'hui n'était pas grave, que j'étais avec mon Ange et que c'était suffisant. Puis j'ai croisé cette nana qui allait retrouver son mec et ça m'a renvoyée à ma propre situation, comme un miroir. Alors j'ai tout envoyé paître, j'ai sauté dans ma Jeep, j'ai roulé cinq heures pour monter jusqu'à ton bled paumé, et tout ce qui m'importait c'était d'être avec toi, rien d'autre. Alors quand tu es entré avec cette fille, j'ai pété un plomb. Je n'aurais pas dû ! Tu ne m'es pas enchaîné ! Mais j'étais si impatiente et tout à coup si déçue… L'accident est ma faute, pas de la tienne. J'ai réagi comme une collégienne, rien de plus…

Elle s'interrompit. Ferma les yeux avant de murmurer :

— Tu sais, je n'ai jamais rien éprouvé de tel pour qui que ce soit. Parfois je te regarde et j'ai l'impression que mon cœur va imploser. J'aurais sans doute dû te le dire plus tôt, pas comme ça, mais j'avais peur. Peur que tu me croies folle, peur que tu te sentes piégé, peur que je ne sois pour toi rien qu'une petite étudiante distrayante… Alors je n'ai pas osé te dire que j'étais folle amoureuse de toi… Jusqu'à ce soir, parce que ces médocs doivent avoir un effet désinhibiteur, ou bien est-ce le choc, je sais pas, je m'en fiche à vrai dire.

Tout à coup elle plongea ses yeux fatigués et rougis de larmes, dans les siens en chuchotant :

— Je t'aime Sébastian…

Avec un soulagement incommensurable, mêlé à un bonheur qui le traversa comme une lame de fond, il l'attira contre lui, l'embrassant sans pouvoir s'en empêcher, songeant avec une sorte d'ivresse que nul sur Terre n'était plus chanceux que lui.

Ce n'était sans doute pas la Saint Valentin à laquelle ils avaient rêvé, mais c'était celle qui les marquerait pour toute leur vie, une fête non pas de consumérisme, mais d'amour, de pardon et d'acceptation.

Anatole

La neige crissait sous ses pas, alors que, prétextant d'admirer le paysage, elle s'arrêtait afin de reprendre son souffle. À vrai dire, la vue qui s'étendait sur la vallée et les autres sommets alpins, était suffisamment époustouflante pour y accorder le temps d'une pause. Elle repoussa son bonnet en laine écrue qui retombait sur son front, laissant s'échapper des mèches folles d'un rose pétillant.

Elle se tourna vers son compagnon, qui la contemplait avec une mine un peu trop goguenarde.

— Eh c'est bon, la balade en raquette c'est pas mon truc !

Il s'assit à même la neige, lui dardant un regard sombre, brûlant d'une adoration sans faille. Tant pis si elle n'était pas aussi à l'aise en montagne que lui, il l'aimait même pour ses maladresses. Peut-être plus encore pour ça, d'ailleurs !

Appuyée sur ses bâtons, elle souffla, laissant ses jambes se reposer tandis qu'elle s'imprégnait de la somptuosité des montagnes. À l'horizon, le soleil baissait imperceptiblement. Malgré son accident survenu quelques mois auparavant, elle avait retrouvé presque toutes ses capacités motrices.

— Allez Ange, viens, on rentre ! intima-t-elle à son ami, qui se jeta aussitôt dans la pente avec un cri joyeux.

Elle soupira, heureuse de le voir aussi détendu même si son énergie la dépassait parfois !

Plus ils descendaient, lui, sautant dans la poudreuse, elle, assurant chaque pas, plus la vue, surplombant le minuscule village de chalets niché dans la vallée, devenait précise, délicate comme une aquarelle. La jeune fille ne se lassait jamais de ces paysages, cependant son alter ego dévalait la montagne à une allure où il devenait difficile de s'adonner à la contemplation. Tant pis, elle reviendrait demain avec Sébastian. Il délaisserait ses skis de piste, pour un moment à passer ensemble. De toute façon, après la soirée du réveillon, il serait certainement heureux d'avoir une journée tranquille. Quoique… Parfois il ressemblait un peu trop à son Ange pour que cela soit une simple coïncidence. À croire qu'elle n'était attirée que par les grands mastards joyeux et trop sportifs !

Tout à ses réflexions, elle accéléra l'allure, mettant les battements précipités de son cœur sur son effort physique et non pas sur l'évocation de Sébastian, dont la silhouette dansait tout à coup devant ses yeux. Depuis qu'elle l'avait rencontré dans cette manif' étudiante l'année précédente, toute sa vie sentimentale avait été bouleversée. Aujourd'hui, c'était leur premier Noël, un moment à ne pas négliger. Elle ne voulait pas voir cela comme une étape qui aurait marqué leurs relations, toutefois cela y ressemblait beaucoup ! Ses parents l'avaient invité à passer Noël tous ensemble, avec un naturel qui à lui seul attestait de l'évolution de leurs rapports. Elle en avait été à la fois ravie et peu effrayée.

Elle secoua la tête, repoussant ses pensées, s'évertuant à se focaliser sur ses foulées, tandis qu'Ange l'attendait un peu plus bas, l'encourageant du regard.

— Oui ben je fais mon max ! bougonna-t-elle en accélérant l'allure.

Ange avait néanmoins raison, il fallait se dépêcher : il y avait un réveillon à préparer ! Moins d'une demi-heure plus tard, ils poussaient tous deux la porte du chalet, s'engouffrant dans l'entrée formant un sas afin de préserver le reste de la demeure, du froid piquant de l'hiver. Elle se débarrassa de son épaisse doudoune, posa son bonnet, laissant s'échapper le flot de ses longues mèches rose bonbon. Ange, de son côté, séchait consciencieusement ses pieds, sur les tapis mis à disposition. Depuis le fond de la cuisine, une voix s'écria :

— C'est toi poupette ?

— Oui maman, on est rentré avec Ange !

Une grande main repoussa le lourd rideau qui séparait l'entrée du reste du chalet, tandis qu'Ange poussait un bref soupir en roulant des yeux contrariés, alors que ses pensées se lisaient dans son regard : allons, terminé d'avoir Alexine que pour lui ! Il bouscula le rideau, ignorant ostensiblement Sébastian, afin de se précipiter dans la cuisine, où maman l'accueillit avec des roucoulements affectueux.

Bien sûr, il ne put qu'entendre Sébastian remarquer en se retenant de rire :

— Il ne s'habituera jamais à moi !

Tout en se coulant entre ses bras, Alexine prit sa défense, comme toujours.

— Les Bouviers des Flandres sont des chiens très exclusifs !

Il haussa les épaules. La serrant contre lui, il l'embrassa dans la tiédeur de son cou, alors que, rafraîchit par sa longue vadrouille dans la neige, elle se mussait frileusement dans sa chaleur tendre. Ils oublièrent tout pendant quelques trop courtes secondes, interrompues par maman qui les sollicita depuis le fond de la cuisine.

— Eh les p'tits, le réveillon ne va pas se préparer tout seul !

Enfin, après un travail d'équipe dans lequel Ange apportait une solide contribution comme goûteur, le réveillon fut prêt. Il n'y avait plus qu'à dresser une belle table dans le douillet salon salle à manger. Un feu de cheminée allumé par Phil', le père d'Alexine, apportait un surcroît de chaleur aussi bien physique que morale. Bientôt le carillon de l'entrée, simple cloche à vache, laissa entendre son gong sourd et joyeux. Ange se précipita en aboyant, suivi tout aussi impétueusement par sa maîtresse, dont les joues étaient soudain, du même ton que ses cheveux !

On perçut un brouhaha dans l'entrée, tandis qu'elle ouvrait la porte à leur invité. Posant une bûche dans l'âtre, Phil' commenta en s'adressant à Sébastian.

— C'est rien, c'est Anatole…

Comme si ce simple nom pouvait à lui seul tout expliquer. Par chance, Sébastian avait une patience non seulement innée, mais durement acquise par son travail. Il haussa une épaule, se disant qu'il en saurait plus à un moment ou un autre. Enfin, Alexine et Ange, aussi trépidants l'un que l'autre, surgirent dans la salle, accompagnés par un homme à la stature d'ours et à la barbe grise étrangement tressée. Aussi primesautière qu'une collégienne, Alexine le présenta à Sébastian.

— Et voilà Anatole !

L'homme tendit à Sébastian une main burinée et calleuse, plus une patte à vrai dire, le toisant droit dans les yeux.

— Ainsi c'est toi qui as ravi le cœur de notre p'tite princesse…

L'homme faisait approximativement la même taille que Sébastian, il ne lui enviait rien en carrure non plus. C'était un fait assez exceptionnel pour qu'il en soit surpris. Il lui rendit sa poignée de main, braquant son regard bleu, froid, incisif, dans celui très brun de son interlocuteur.

— À vrai dire, c'est plutôt elle qui a pris le mien !

Telle une tornade blonde, Murielle, dite Mumu, la mère d'Alexine, souhaita la bienvenue à leur invité de marque, du moins l'était-il pour eux tous. Elle propulsa ensuite chacun à sa place autour de la table sur laquelle trônait une copieuse raclette : leur repas de réveillon, devenu une tradition familiale une dizaine d'années auparavant. Sans se faire prier ils s'assirent, Phil' débouchant une bouteille de vin, alors qu'Ange ne perdait pas de vue le plateau de charcuterie.

Bientôt l'arôme du fromage fondu emplit tout le chalet. Si Sébastian fut étonné de ne pas retrouver une dinde aux marrons comme il en dégustait chez lui, il ne fit cependant aucune réflexion. Il se servit des pommes de terre, tandis qu'Alexine, assise à côté de lui, glissait une tranche de jambon à Ange. Il l'engloutit dans un claquement de babines, sans que cela ne choque personne. Il était depuis longtemps rompu aux relations qu'Alexine entretenait avec son Ange, pour avoir cessé de se formaliser de quoi que ce soit ! De toute manière, il attendait d'en savoir plus sur l'homme qui lui faisait face, et qui avalait patates, fromage et jambon avec autant d'enthousiasme que le gros Bouvier au poil sombre.

Soudain Phil' leva son verre en s'exclamant :

— Vous savez que cela fait dix ans que nous avons acheté le chalet !

— Et dix ans que nous connaissons Anatole, répliqua aussitôt Alexine, le regard brillant d'admiration.

Si l'homme à la stature de grizzly n'avait pas affiché une belle cinquantaine d'années, Sébastian se serait à coup sûr senti jaloux. Ils trinquèrent à la décennie écoulée, tandis qu'Alexine, comme ressentant son malaise, effleura sa main, glissant ses doigts entre les siens, en lançant :

— Veux-tu que je te raconte comment j'ai rencontré Anatole ?

Il haussa une épaule moins indifférente que voulue, en marmonnant un vague :

— Pourquoi pas…

Elle fit mine de ne rien avoir remarqué, s'efforçant de ne pas rire de son air maussade. Sans doute était-il aussi exclusif dans son attachement envers elle que pouvait l'être Ange. Elle lui lança un sourire rassurant et, sa main abandonnée dans la sienne, elle débuta son récit :

— Cela faisait un moment déjà que papa et maman cherchaient à s'offrir un chalet afin d'y passer des vacances au bon air de la montagne. Non, mais c'est ce que tu dis tout l'temps maman ! Bref après moult visites on a vu celui-là et je crois qu'on est tous tombés sous le charme. Sa façade en bois, le grand balcon qui en fait le tour, la disposition intérieure. Pour ma part je l'ai de suite adoré, un coup de foudre. Papa, toi, tu as trouvé le village parfait, proche des pistes, pas loin d'Albertville, et hop on l'a acheté ! Enfin vu de mes onze ans c'était hop, pouffa la jeune fille avant de poursuivre. Puis on est venus passer notre premier Noël ici, c'était magique quoi ! Même le voyage depuis le Sud avait été chouette.

Lorsqu'elle parlait, son regard clair s'illuminait tandis qu'elle semblait revivre le moment. Sébastian pouvait sentir son émotion dans le palpitement de son pouls, le rosissement de ses pommettes. Il s'en attendrit, même s'il s'en défendit.

Son père l'interrompit en bougonnant pour la forme :

— Magique, c'est toi qui le dis ! Noctali et toi n'avaient cessé de vous agiter comme des folles et, une fois arrivés, de courir partout ! De vraies possédées !

Alexine s'agita sur sa chaise, gloussant de plus belle. Elle se pencha vers Sébastian en lui expliquant :

— Noctali était ma copine quand j'étais p'tite, c'était une Rottweiler dodue, avec un cœur plus gros qu'elle.

Soudain, il réalisa qu'être entourée de chiens énormes était son cadre de vie normal. Après cet aparté, elle poursuivit, se replongeant dans ce Noël qui, pour elle, était exceptionnel.

— On était venu le 24 seulement, parce que maman avait encore des clientes à coiffer au salon. Des vieilles peaux moches comme des poux qui croyaient qu'un coup de peigne changerait ça, enfin bref, on était le 24 et ce soir c'était le réveillon et la première nuit qu'on passerait au chalet. Avec Noctali nous sommes parties en balade dans la montagne, tandis que mes parents ont repris la voiture parce que je sais plus… Vous aviez oublié un truc pour le réveillon, c'est ça ? Sa mère hocha la tête, cependant qu'Alexine poursuivait : Oui bon, on s'en fiche ! Donc on a grimpé tout droit derrière le chalet, on a rattrapé une route étroite, bordée de congères dans lesquelles on s'est amusées à sauter. Noctali était partante pour toutes les idées ! Il faisait très beau, j'avoue qu'on n'a pas vu le temps passer, quand soudain le ciel s'est brutalement obscurci. Noctali a redressé la tête, inquiète. C'est à ce moment-là que le vent a commencé à souffler et la neige à tomber. C'était tellement brusque que je ne m'y attendais pas du tout ! On a vite dévalé la montagne pour rentrer, on se trouvait juste au-dessus du village, donc en quelques minutes on grimpait l'escalier et on poussait la porte d'entrée. Je ne me souvenais pas de l'avoir laissée ouverte, mais peu importait du détail. On était sauves et au chaud. Ouf ! J'ai enlevé mon blouson en appelant mes parents. Pas de réponse. Un peu étonnée, on est entrées dans la pièce principale, éclairée par un feu de résineux qui exhalait une odeur entêtante. Noctali se tenait près de moi, elle semblait se poser des questions. Soudain une silhouette est sortie de la cuisine et s'est plantée devant nous. Je crois qu'on a été aussi surprises et effrayées l'une que l'autre ! J'ai sursauté en criant, alors que Noctali grognait. J'ai empoigné son collier en hurlant : Qu'est-ce que vous faites là ! Sortez de chez moi ou… Ou mon chien vous mord ! Bon, évidemment, c'était du bluff, Noctali était un amour, incapable de mordre, il aurait mieux valu que je le fasse moi-même ! Le type m'a dévisagée avant d'éclater de rire. Non mais c'est vrai ! J'étais abasourdie, effrayée aussi. Le gars ressemblait à un ours. Comment était-il entré chez nous ? Pourquoi ? Où étaient papa et maman ? Mon cerveau tournait en boucle sur ces questions, tandis que je toisais le géant velu, ou plutôt qu'il me dévisageait avec un petit sourire, comme s'il se retenait de rigoler. C'était tellement déroutant ! Mais arrête de te moquer Anatole ! Ça s'est passé comme ça ! Tout à coup il s'est penché vers moi, comme un ogre de fables, vous imaginez le truc ? Et là, il a lâché : « Je crois que tu t'es trompée de chalet… » Puis il s'est esclaffé devant mon air. Ne vous moquez pas ! Je vous assure que c'était flippant ! J'aurais voulu t'y voir Sébastian ! Bref, quand j'ai regardé avec attention la pièce autour de nous, j'ai vu qu'il disait vrai ! Ce n'était pas du tout notre chalet ! Oh purée, la honte ! J'ai bafouillé puis j'ai entraîné Noctali dehors. En deux pas il m'avait rattrapé. « Attends p'tite ! Je vais te raccompagner, avec cette tempête, tu vas te perdre… Encore ! » Je ne l'écoutais pas, dévalant les escaliers déjà recouverts de neige, agressée par un vent mordant qui rabattait des flocons sur mon visage. Une grosse main m'a alors stoppée dans ma fuite, tandis qu'un « Attends ! » péremptoire nous a figées. Il m'a demandé le numéro de mon chalet, puis il nous a poussées, Noctali et moi, dans un engin énorme, monté sur chenilles. En moins de cinq minutes nous étions rendues. Il a garé le chasse-neige dans la rue, de toute façon plus aucune voiture ne circulait, et nous a raccompagnées jusqu'à la porte. Avant que je rentre, il a griffonné son numéro de téléphone sur ma main. « Si tu as le moindre souci tu m'appelles, d'accord ? » J'ai hoché la tête. On est rentrées, tandis que le bruit de l'engin se perdait dans les hurlements de l'hiver. J'ai refermé la porte, en criant « papa, maman ! », mais seul le silence m'a répondu. Noctali a poussé un faible soupir, tandis que la maison, froide et silencieuse n'était que ténèbres. Ils n'étaient pas encore rentrés de leur shopping de dernière minute ? Comment était-ce possible ? J'ai enlevé après-ski et doudoune. En chaussettes, j'ai glissé sur le parquet, désorientée. J'ai éclairé toutes les lumières, allumé la télé afin d'avoir un peu de bruit, autre que celui des mugissements terrifiants des rafales de vent. J'ai essayé d'appeler sur leurs portables, mais rien.

Sébastian serra ses doigts sur les siens, ému par la peur qu'elle revivait. Sans doute aurait-il voulu être là, et protéger de toutes ses forces la fillette qu'elle était. Ressentant ses pensées et sa tendresse, elle s'interrompit, lui renvoyant un sourire qui l'illumina tout entière.

Son père poursuivit :

— Pour vous occuper, avec Noctali, vous avez préparé la table du réveillon. Sans oublier la nappe rouge que maman avait mise de côté, puis vous avez fait le sapin. La nuit tombait. Ni mon téléphone ni celui de maman ne fonctionnaient. Là, vous avez dû commencer à sérieusement vous inquiéter !

La jeune fille hocha la tête, faisant voleter les mèches roses de ses cheveux.

— Oh oui ! On était terrorisées ! On s'est assises toutes les deux sur le canapé, Noctali et moi, tandis qu'au journal télévisé ils parlaient de routes coupées, de blocage et de rester chez soi. J'ai éteint la télé, furieuse. J'étais chez moi, mais où étaient mes parents ? Noctali a posé délicatement sa grosse patte sur mon bras, tout en couinant. Apparemment elle avait une idée ! Alors j'ai vu le numéro de téléphone écrit à l'encre bleue sur ma paume. Je sais pas, j'ai même pas réfléchi, j'ai composé le numéro et une grosse voix a répondu presque aussitôt. Sans pouvoir m'en empêcher, j'ai éclaté en sanglots. J'ai tout déballé à cet inconnu, qui m'écoutait sans rien dire. Enfin, entre deux reniflements, il a fait d'un ton aussi affirmatif que péremptoire. « Je m'occupe de ça, toi tu restes chez toi avec ton chien et tu ne sors sous aucun prétexte. C'est compris ? » Sa voix était tellement assurée que je n'ai pu qu'opiner. Ben quoi ? Ne me regarde pas comme ça Seb' ! J'avais onze ans, j'étais encore très sage, figure-toi !

Sébastian se pencha vers elle, effleura sa tempe d'un baiser, tout en retenant un sourire. Il l'imaginait fort peu dans le rôle d'une petite fille modèle. Elle le repoussa en grommelant, tandis qu'il murmurait :

— Allez, vas-y continue…

— Je suis restée là, le front appuyé contre le carreau glacé de la fenêtre du salon, à guetter la moindre lueur qui aurait remonté la rue. Mais rien, hors le vent qui rabattait des tourbillons de neige et secouait le chalet comme un fragile esquif. Je me retenais pour ne pas pleurer. Je me sentais perdue, abandonnée. Puis au bout d'un temps infini, j'ai cru apercevoir une faible lueur trouant la tempête et la nuit. Je pensais rêver, mais non, des phares puissants déchiraient bel et bien les ténèbres, remontant la rue principale du village. Qu'est-ce que c'était ? J'ai ouvert la porte vitrée donnant sur le balcon et, sans faire attention au froid mordant, je me suis penchée par-dessus la balustrade couverte de neige, cherchant à savoir. Étaient-ce ceux de la voiture de papa ? Plus ils se rapprochaient, moins je reconnaissais quoi que ce soit. Une déception énorme m'est tombée dessus, tandis que je ressentais soudain la morsure glaciale du vent. Je suis rentrée à nouveau dans la maison, glacée physiquement et moralement. Déjà des *scenarii* épouvantables dansaient dans ma tête. J'imaginais un accident, me voyant déjà seule au monde et placée en orphelinat... Tout à coup Noctali s'est redressée, un grondement contenu est monté de sa gorge avant qu'elle ne s'élance vers la porte, en trois bonds joyeux. Je l'ai suivie, évidemment ! La porte, soudain s'est ouverte sur une mince silhouette : maman ! Derrière elle venaient papa et un grand type qui ne m'était pas inconnu. Après moult cris et effusions, j'ai compris qu'ils avaient été bloqués à cause de la tempête. Le conducteur du chasse-neige, malgré le danger, était descendu jusqu'à la ville et les avait ramenés dans son véhicule, la route étant absolument impraticable ! Comment ils les avaient retrouvés, je sais plus ; ils étaient là, c'est tout ce que j'ai retenu !

Sa mère lui adressa un sourire attendri, avant d'ajouter :

— C'est vrai que c'est une histoire un peu dingue, mais nous étions ensemble, c'était tout ce qui comptait. Ton père a allumé un feu dans la cheminée, et j'ai demandé à notre sauveur ce qu'il comptait faire pour cette soirée spéciale. Je trouvais que c'était le moindre des remerciements de l'inviter ! Devant son marmonnement, je l'ai quasi obligé à passer ce réveillon avec nous. Comme rien n'était prêt pour réveillonner, on a fait bouillir quelques patates, sorti fromage et charcuterie pour une raclette improvisée. Le grand type hirsute, à la barbe bizarre, s'est penché vers toi, Alexine, il t'a dévisagé avant de lâcher :

— Je m'appelle Anatole…

La jeune fille, hocha la tête :

— Depuis ce jour, Anatole est devenu mon meilleur ami et chaque Noël, nous le passons ici, à savourer une raclette tous ensemble.

Sébastian hocha la tête, tout en murmurant dans un sourire :

— Je comprends, même si je suis un peu jaloux…

— Ça mon gars, à toi d'être son héros maintenant, s'exclama Anatole dans un rire auquel Ange mêla un long et sourd aboiement, comme s'il voulait affirmer que le héros d'Alexine c'était lui et nul autre !

La neige tombait en lents tournoiements vaporeux sur le chalet, tandis que la rigueur hivernale semblait être chassée par la chaleur de ce réveillon, et l'amour qui palpitait sous ce toit…

Week-end Provençal

Ce fut avec un vif plaisir qu'Alexine descendit du train, suivie par son Ange tout aussi soulagé qu'elle. Elle remonta son sac sur l'épaule, claudiquant imperceptiblement sur le quai, recherchant un visage familier. Depuis son accident, si elle avait récupéré par miracle toutes ses capacités, les longues stations assises lui étaient cependant fatigantes. La perte de sa Jeep lui avait été très douloureuse, peut-être plus encore que les innombrables séances de kiné ! Enfin, c'était ainsi, elle devait surtout se réjouir de n'avoir aucune grave séquelle. Ses deux jambes avaient retrouvé toutes leurs fonctions motrices, si ce n'était ce léger boitillement dû à la fatigue. Le kiné lui avait dit qu'il irait sans doute en s'estompant, il lui fallait juste être patiente. Elle était une miraculée, elle le savait. Après un tel accident, elle aurait dû avoir des blessures bien plus graves et invalidantes. Alors si elle devait avoir perdu à tout jamais une démarche fluide et souple, ce n'était pas cher payé !

Le plus triste avait donc été la perte de sa Jeep… Depuis il leur fallait, à Ange et elle-même, s'entasser dans des trains pendant des heures s'ils voulaient se rendre dans le Sud. Comble de malheur, Ange devait supporter une muselière durant tout le trajet, comme s'il allait avaler l'ensemble des passagers du wagon ! À croire qu'il était la réincarnation de la Tarasque[1] !

Fatiguée et les jambes raides, elle s'avança sur le quai, Ange à sa suite. Les voyageurs tournaient autour d'eux, divisés en deux groupes bien distincts : les effrayés qui faisaient un large détour en roulant des yeux effarés vers la masse velue du gros Bouvier des Flandres, et les autres qui, fondus d'amour lui lançaient un mot doux, un coup d'œil attendri, voire parfois, osaient engager la conversation avec sa maîtresse. Aujourd'hui toutefois, Alexine n'avait pas le temps de se préoccuper des curieux ou des craintifs. Elle cherchait son père des yeux. Enfin elle l'entraperçut, fendant la foule à sa recherche. Elle se tourna vers son Ange, un sourire aux lèvres et l'œil pétillant :

— Papa est là !

Ange grogna d'excitation et de joie et, suivant Alexine, ils s'avancèrent tous les deux à la rencontre de Philippe. Après d'intenses retrouvailles ils se dirigèrent, causant et heureux, vers le parking de la gare.

Une demi-heure plus tard, la voiture se garait devant une villa aux tuiles rondes, nichée au cœur

---

[1] La Tarasque de Tarascon est l'un des animaux emblématiques du folklore provençal. Cette créature mystérieuse était censée hanter les marécages présents autour de la ville de Tarascon, détruisant tout sur son passage et infligeant une peur monstrueuse à la population locale. Son apparence, digne des plus fabuleux bestiaires mythologiques, en fait un croisement entre un ours à 6 pattes surmonté d'une carapace de tortue, doté d'une tête d'homme-lion aux yeux rouges et d'un dard venimeux en guise de queue.

du village de Fontvieille, dans les Alpilles. Déjà des rosiers flamboyaient sur la façade, tandis que de gros bourdons parcouraient les fleurs avec paresse, agitant l'air tiède de leurs ailes translucides.

Philippe sortit le sac du coffre de la voiture, tandis qu'Ange sautait avec bonheur dans l'allée gravillonnée. Alexine s'étira, heureuse de retrouver la douceur provençale, le ciel d'un bleu azuréen et les milles fragrances venues des collines.

— Je vais poser ton sac dans ta chambre, pucette !

— Je peux le faire papa, protesta Alexine.

— Mais non, voyons… marmonna son père, un éclair inquiet traversant soudain son regard d'un bleu profond, le même que celui de sa fille.

— Oh papa, je vais bien, murmura cette dernière en l'enlaçant, comme lorsqu'elle était petite.

— Cet accident… Ce n'était pas rien…

— Je vais bien, répéta-t-elle tout en l'embrassant sur sa joue recouverte d'une barbe poivre et sel. Je vais même bientôt recommencer à courir, mes jambes sont complètement remises, ajouta-t-elle dans une tentative un peu illusoire de le rassurer.

Elle était leur fille unique, une sorte de joyau précieux et délicat aux yeux de ses parents. Parce qu'ils n'avaient pu lui offrir la chance d'avoir des frères et sœurs, ils l'avaient choyée, gâtée et couvée avec un soin jaloux. Si elle savait que son accident les avait choqués, ce n'était qu'aujourd'hui qu'elle se rendait compte combien ils en étaient encore traumatisés. Sans doute plus encore qu'elle-même !

— Maman est au salon ? demanda-t-elle afin de changer la conversation et l'orienter vers un autre sujet.

— Oui, comme tous les samedis ! En plus avec ce long week-end, le salon est plein jusqu'à quinze heures.

— Oh ben, dans ce cas, je vais aller donner un coup de main !

— Prends ma voiture, si tu veux !

— Non, il fait hyper beau on va y aller à vélo avec Ange. Hein, mon chou ? s'exclama-t-elle en s'adressant simultanément à son père et au gros chien noir, qui la contemplait d'un regard à la fois enamouré et ravi à l'idée d'une promenade.

Quelques minutes plus tard elle pédalait sur son vieux VTT, Ange gambadant à sa suite. Ils dévalèrent les ruelles bordées de maisons aux volets vert olive ou bleu lavande, avant de déboucher sur la rue principale du village. L'ombre des vieux platanes ombrageait toute la rue, où se rassemblait là presque l'essentiel des commerces de la petite bourgade. Alexine stoppa devant la devanture pimpante d'un salon de coiffure, dont la vitrine s'ouvrait largement sur la rue. Elle descendit du vélo, l'appuya contre un arbre, Ange la suivant en sautillant de joie, elle en poussa la porte. Celle-ci carillonna dans un tintinnabulement joyeux à leur passage, tandis qu'ils entraient dans le salon, les regards se tournaient vers eux. Une odeur mêlée de shampoing et cosmétique sauta aussitôt au visage de la jeune fille. C'était pour elle une bouffée d'enfance qui remontait de lointains méandres, enfouis, presque oubliés.

Heureuse, elle sourit et lança un « bonjour tout l'monde » auquel lui répondirent des saluts enjoués et des cris de joie. Sa mère, qui s'occupait de réaliser un savant brushing, laissa tomber peigne et sèche-cheveux, afin de se précipiter vers elle, les larmes aux yeux.

— Ma pucette !

Comme si elle avait encore six ans, elle la prit dans ses bras, l'embrassant avec un débordement de tendresse auquel Alexine était accoutumée. Plus de retenue l'eut même terrifiée ! Enfin, après quelques minutes de retrouvailles où tout le salon ne fut qu'un brouhaha de bises et de gloussements légers. Coiffeuses et clientes reprirent leurs places, tandis qu'Alexine, posant sa veste en jean, se plaçait d'autorité derrière l'un des bacs de shampouinage.

Ange, quant à lui, s'étira et partit se répandre derrière le comptoir de l'accueil, en une grosse masse velue et bientôt ronflante.

Marine, la deuxième coiffeuse du salon, se tourna vers elle. Elle avait le même âge qu'Alexine, avec qui elle avait fait toute sa scolarité à l'école communale du village, complice de mille bêtises enfant, et de frasques mémorables à l'adolescence. Si elles avaient eu des parcours étudiants très différents, elles n'en étaient pas moins restées très amies, parce qu'une copine d'enfance, c'est pour la vie ! Elle lui lança un sourire, ses yeux noirs de gitane pétillant de plaisir.

— Tè, une revenante ! Madame Bertrand, venez, Alexine va vous faire le shampoing ! Enfin, si elle se souvient comment faire ! ajouta-t-elle dans un éclat de rire et une voix à l'accent auréolé de soleil.

La femme de l'un des adjoints du maire, s'installa dans le fauteuil et appuyant sa tête contre la vasque, affirma d'un ton péremptoire :

— Alexine fait les shampoings depuis qu'elle est toute petite, elle a des doigts de fée.

Testant la température de l'eau sur son poignet, Alexine passa lentement le jet sur la chevelure d'un blanc soyeux de la cliente. Celle-ci poussa un soupir satisfait, avant de lancer :

— Alors pitchoune, raconte-nous un peu ce que tu deviens !

— Eh bien je viens de terminer ma troisième année en école d'ingénieur, voilà, rien de plus…

— Ah ça, tu as toujours été une élève si appliquée, l'interrompit une sexagénaire à qui Marine refaisait sa couleur. Mais parle-nous plutôt des gars : alors ils sont comment à l'Est ?

— Oh Madame Simonin ! protesta Alexine, tandis que Marine pouffait de rire, avant d'affirmer à son tour :

— Mais oui, on s'en fout de tes études ! Tu es une tronche, on le sait ! Raconte plutôt les mecs !

À la retraite depuis une dizaine d'années, Madame Simonin était l'ancienne institutrice du village. Elle avait ainsi appris à lire et compter aux deux petites filles, aussi vives et différentes l'une que l'autre. Sans l'avouer, elle était fière de leurs parcours.

— Alors, les Alsaciens ? insista-t-elle, avec un sourire espiègle.

— On est entre filles, tu peux bien nous raconter… approuva une autre cliente, celle à laquelle Muriel, la mère d'Alexine, terminait le brushing.

Alexine retint un rire. Elle versa une noix de shampoing dans ses mains, avant de l'appliquer sur la chevelure de Madame Bertrand, puis lâcha :

— Les Alsaciens, je ne peux pas trop vous dire comment ils sont, par contre je peux vous parler des ch'tis…

— Cheti, c'est quoi ça ? C'est un village dans la Drôme ? l'interrompit une nonagénaire qui lisait un magazine de la presse people, en attendant son tour.

— Mais non Mamé Huguette ! Ce sont les gens du Nord, remarqua Madame Simonin.

— Après Valence ? s'exclama Mamé Huguette avec un cri étranglé, mêlant incrédulité et horreur.

Tout le village ne la connaissait plus que sous ce sobriquet affectueux, chacun ayant oublié sous la sémillante vieille dame, l'accorte jeune fille qu'elle avait été.

— Oh oui, bien après Lyon même ! Alors les ch'tis…

— Les, c'est p'être présomptueux, du moins un en particulier, précisa Alexine en frictionnant avec délicatesse le crâne de Madame Bertrand.

— Oh toujours avec ton grand blond ? l'interrogea Marine, un peu surprise.

— Eh oui, toujours !

— Ça fait combien de temps, dis donc ?

— Oh, un an et demi, quelque chose comme ça.

— Mais on ne l'a jamais vu à Fontvieille ce garçon ? s'exclama Madame Simonin.

— Hélas non, il n'a pas pu encore descendre, il a peu de congés, donc ce n'est pas facile…

— D'accord… Que fait-il ? Il est étudiant comme toi ?

— Ah non, du tout ! Il est gendarme ! rigola la jeune fille en rinçant avec application, le shampoing des cheveux de sa cliente.

— Oh fan ! Un gendarme ! s'exclama cette dernière, effarée. Mais où tu l'as rencontré ? Il t'a arrêté pour excès de vitesse ?

— Non, pas du tout ! pouffa Alexine.

— Attendez Madame Bertrand, j'ai une vidéo ! s'écria Martine en sortant son smartphone.

— Une vidéo ? se récrièrent toutes les personnes présentes dans le salon, Alexine comprise.

— Ce n'est pas celle à laquelle je pense... ajouta-t-elle.

— Si si tout à fait ! rétorqua sa copine d'enfance, trépignant d'un rire contenu.

Avec un petit cri victorieux elle retrouva la vidéo, et tendit son téléphone à Madame Bertrand :

— Vé, regardez...

Alexine se haussa sur la pointe des pieds afin de jeter un coup d'œil par-dessus le bac et l'épaule de sa cliente, qui s'était emparée de l'appareil de la jeune coiffeuse. Sans surprise, elle reconnut la vidéo qui avait fait le buzz à un moment donné : celle d'un gendarme et d'une manifestante soignés par les streets médics et surtout en pleine fraternisation.

— Marine, protesta-t-elle pour la forme, retenant un gloussement.

— Bah, tu aurais fait pareil, hein ! Et puis, si on ne peut plus compter sur les copines pour rappeler les situations embarrassantes, c'est pas la peine !

— Eh, il a l'air plutôt mignon, dis donc... Mais ça se passe où ? remarqua Madame Bertrand.

— Il n'est pas forcément à son avantage sur cette vidéo...

— Ni toi non plus ! la coupa son amie en éclatant de rire.

— Oui bon, c'est vrai... C'était lors des manifs à Paris y'a presque deux ans.

— Précise que c'était lors des manifs contre les violences des forces de l'ordre, et que toi, tu n'as rien trouvé de mieux que de te faire un flic, c'est toujours bien de donner le contexte hein, précisa Marine en lui lançant un clin d'œil.

— Après il semble appétissant ce garçon, donc pour ma part je la comprends la p'tite, remarqua Madame Bertrand avec un sourire coquin. Tenez Raymonde, qu'en pensez-vous, fit-elle en tendant le smartphone à l'ancienne institutrice.

— En effet, vous n'avez pas tort… Il est pas mal du tout ce garçon ! s'exclama Raymonde Simonin après quelques secondes, l'œil rivé sur le minuscule écran.

Marine et Alexine s'entre-regardèrent, avant d'éclater de rire. Auraient-elles un jour soupçonné que ces dames dignes et respectables, cachaient en réalité des âmes de collégiennes ? Sûrement pas ! Finalement la vidéo fit le tour du salon, chacune voulut la commenter, et les heures qui suivirent ne furent que gloussements et éclats de rire.

Les clientes repartirent non seulement coiffées à la perfection, mais le cœur gonflé d'une joie légère, comme une bulle de savon.

Alexine et Murielle, sa mère, rangèrent rapidement, aidées par Marine qui passa le balai avec une efficacité telle qu'en quelques minutes, tout fut en ordre. Murielle ferma à clef, tandis qu'elles souhaitaient un bon week-end à Marine qui filait retrouver son copain. De leur côté, elles rentrèrent toutes les deux chez elles, mère et fille.

Une fois à la maison, Alexine déposa son vélo dans le garage, tandis qu'Ange partait saluer Philippe qui sortait de la villa, un sourire illuminant ses yeux d'un bleu profond.

— Alors les filles, cette journée de boulot, ça s'est bien passé ?

Elles lui répondirent toutes deux avec entrain puis, tandis qu'ils discutaient, il remarqua, lançant un coup d'œil complice à sa femme :

— Je dois vous montrer un truc, c'est derrière la maison… Venez !

Curieuses, elles lui emboîtèrent le pas, Ange les précéda, ne comprenant rien à cette expédition, mais ravi de la faire ! Dandinant son train arrière d'ours, il s'avança et tournicota autour d'une voiture garée là, à l'ombre de la façade et d'un vénérable micocoulier.

C'était une Jeep Wrangler unlimited, d'un joli vert kaki métallisé, aux suspensions légèrement rehaussées et aux jantes larges. Ange se mit à l'inspecter avec toute sa passion de canidé pour collecter de nouvelles odeurs et informations olfactives. Alexine se figea. Effarée, le cœur battant : qu'est-ce que cela voulait dire ?

Son père se tourna vers elle, et fouillant dans l'une de ses poches, il en sortit un porte-clefs qu'il lui tendit.

— Tiens, tu devrais essayer de voir si elle démarre…

Sans comprendre, elle lui renvoya un regard désemparé tout en saisissant machinalement les clefs.

— Mais… Qu'est-ce que ça veut dire, balbutia-t-elle.

Sa mère la serra contre elle, en murmurant :

— Eh bien, tu ne comprends pas ? Mais c'est ton nouveau carrosse !

Hésitante, en proie à une émotion qui la laissait tremblante, Alexine murmura :

— Mais… Mais comment…

— On s'est tous cotisés, c'est pour ça que cela a pris du temps pour te racheter une voiture. Papi, tes oncles, même tante Abi' depuis le Canada, sans compter Sébastian, c'est lui qui a versé la plus grosse somme… Sans lui tu roulerais en Fiat Panda !

En entendant ce nom, son cœur bondit. Sébastian.

Fébrilement, elle chercha son smartphone dans le fouillis de son sac, puis, l'ayant retrouvé elle ouvrit son application de message, et n'eut même pas besoin de scroller afin de trouver la conversation avec celui qui occupait son cœur. Évidemment il était tout en haut !

— Sébastian ! Tu es fou !

Elle s'apprêtait à écrire un autre message, après ce cri irrépressif, lorsqu'à sa propre surprise il lui répondit aussitôt. N'était-il pas en service ?

— Qu'est-ce que j'ai fait ?

Dans un envol de mèches roses, elle se retourna, prit une photo à la volée de la rutilante Jeep, avant de la lui envoyer, suivie par un :

— Et ça ? Tu appelles ça comment ? !

Malgré la distance et l'interposition de l'écran, elle percevait son émotion, palpitante :

— Ça, comme tu dis, ce n'est rien ! Surtout que c'est ton père qui a tout organisé ! Donc à peine une infime compensation pour ce que tu as subi… par ma faute…

— Tu n'es pas responsable de mes décisions ni faits et gestes ! L'accident n'était pas ta faute, mais celle d'un chauffeur bourré !

— Je dois te laisser, il faut que j'y aille. Je t'aime Alex'…

Il fit suivre son message d'un cœur, avant de couper son téléphone et rejoindre ses équipiers, qui déjà se préparaient, sortant casques et boucliers des soutes des bus.

La jeune fille resta une seconde plantée, sans pouvoir esquisser un geste, ignorant même son Ange qui sautillait autour d'elle. La respiration coupée par une émotion telle, qu'elle ignorait pouvoir l'éprouver. Les larmes aux yeux, vacillante, elle releva la tête, croisa les regards souriants de ses parents. Elle s'avança vers eux et réalisant la chance qu'elle avait, elle se jeta dans leurs bras. Souvent, rien n'était parfait, mais elle les avait eux, en plus de Sébastian et Ange. Que pouvait-elle rêver de mieux ?

Manif' bis

Dès le matin, le temps traînait une humeur maussade qui cependant n'avait en rien découragé les milliers d'étudiants. Ils étaient là, armés de pancartes et de banderoles, scandant des chansons gaillardes, réclamant une égalité des chances, une gratuité des études, bref des revendications maintes et maintes fois demandées. Rien n'était nouveau, ce qui, sans doute, augmentait l'exaspération de la jeunesse en cette fin de printemps.

Les syndicats avaient appelé à manifester, et pour une fois, universités, facultés et écoles s'étaient vidées. Dans toute la France, les étudiants avaient sorti le nez de leurs notes et de leurs bouquins afin d'aller afficher colère et revendications. Le mouvement était cependant pacifiste, les marches se faisant au rythme d'orchestres autoproclamés, de chansons alertes et de sit-in protestataires.

C'était donc le cas à Paris, comme dans beaucoup de villes en Province, Strasbourg n'ayant pas échappé à cette vague contestataire. Deux jeunes étudiantes avançaient ainsi en papotant, perdues au milieu de la foule. Afin de rendre hommage à leurs camarades blessés, les mois précédents lors de répressions policières sans précédent, il fut décidé une minute de silence assis sur la chaussée. Le cortège entier s'installa directement au sol, le premier rang faisant face à un solide cordon des forces de l'ordre. Un silence pesant, presque surnaturel se fit dans la rue, tandis que seuls les policiers étaient encore debout, boucliers contre boucliers, épaules contre épaules, attendant la suite. L'idée des manifestants était de porter leurs revendications jusque devant le Parlement européen, ce qui était hors de question. Ils avaient donc pour mission de les bloquer là.

La foule le comprit immédiatement, les chants joyeux et bon enfant se transformèrent très vite en insultes. Plusieurs groupes ne perdaient pourtant pas espoir, vociférant des « La police avec nous » avec une conviction et un enthousiasme qui n'avaient d'égal que la froideur de ceux à qui ils s'adressaient.

Les deux étudiantes ne criaient ni ne râlaient, l'une d'entre elle, la plus petite, se hissa même sur la pointe des pieds afin de voir ce qu'il en retournait au premier rang. Apercevant les lourds casques bleus unis des préposés à l'ordre, elle sursauta. Ni une ni deux, elle se précipita, jouant des coudes afin d'avancer jusqu'au premier rang. Elle tomba presque nez à nez avec le cordon sécuritaire qui, tous armés de flash-balls, ne semblait pas prêt à rire. Avec une sorte de fébrilité elle dévisagea un à un les hommes en uniforme sombre. Elle s'apprêtait à pousser un soupir de soulagement, lorsqu'elle accrocha un regard d'un bleu glaçant, qui la suivait avec une sorte d'étrange fixité. Elle se figea, tandis qu'elle sentait son cœur se décrocher, pour tomber loin au fond de ses chaussettes.

Effarée, elle resta immobile quelques secondes, ses yeux rivés dans ceux du gendarme. Sans même le vouloir elle s'avança avant de se planter devant lui. Un vent frais pour la saison, vint dénouer le chignon qu'elle avait hâtivement fait le matin même. Ses longues mèches d'un rose presque strident, semblèrent illuminer la rue, cependant que le garde conservait un visage froid, presque dur, bien que son regard clair laissât entrevoir un flot d'émotions contradictoires, qu'il avait bien du mal à juguler.

Imperceptiblement, il abaissa son bouclier, tandis qu'elle posait une main dessus afin de l'écarter. Sous l'œil médusé des journalistes postés là, des manifestants agacés par le blocage, il repoussa l'une des mèches folles qui virevoltaient sur son visage, dans un contraste rude du cuir noir de ses gants et du rose vaporeux de ses cheveux. Un sourire erra sur les lèvres de la jeune fille qui ne protesta pas. Puis sans qu'on sache vraiment qui de l'un ou de l'autre avait initié le geste, était-ce lui l'attirant d'un bras passé autour de la taille fine de l'étudiante ? Était-ce elle qui, s'agrippant à son épaule, l'avait embrassé ? Quelque part peu importait, ou du moins la question semblait aussi fondamentale de qui de l'œuf où de la poule était survenu en premier. Le résultat était que les poules étaient bel et bien là, et qu'aussi improbable que ce fut, le garde mobile enlaça l'étudiante pour un baiser presque sauvage ! Comme si plus rien au monde n'existait, comme s'ils avaient été brusquement téléportés sur une autre planète, ils s'embrassèrent avec une sorte d'ivresse, de tendresse et de folie presque palpables. Un silence pétrifié s'abattit sur toute la rue, que ce soit gendarmes, manifestants ou reporters. Ce n'était pas seulement un couple qui échangeait un baiser, c'était un gendarme et une manifestante qui, soudain, traversaient un *no man's land* afin de nouer des sentiments interdits.

Le baiser aurait peut-être figuré dans le livre des records, si le binôme du gendarme posté derrière lui, ne lui avait tapé sur l'épaule, le ramenant à la réalité.

La jeune fille lui renvoya un sourire que d'aucuns auraient jugé comme tendre, tandis qu'à regret il la laissait s'échapper de ses bras. Elle murmura quelques mots, inaudibles pour tout autre que pour lui, qui allumèrent soudain une lueur douce dans son regard d'un bleu presque froid. Il hocha imperceptiblement la tête tout en ajustant à nouveau son bouclier et en reprenant sa place dans la formation. La foule revint peu à peu de sa stupéfaction, certains lançant quolibets et insultes, visant tout à tour la jeune fille ou les forces de l'ordre. Furieuse, Alexine pivota sur elle-même, s'écriant d'une voix qui balaya les « CRS SS »

— Vous êtes stupides ! Et naïfs en plus ! Déjà vous êtes face à des gendarmes mobiles, pas des CRS, ensuite ce ne sont pas eux vos ennemis ! Les gendarmes ne sont que des hommes, comme chacun d'entre nous.

— C'est ce que tu voulais démontrer ? C'est toi l'idiote ! hurla une voix forte, perdue dans la foule.

126

— Je ne veux rien démontrer, hors l'inanité de s'en prendre aux forces de l'ordre. Ils ne sont que le rempart du pouvoir. C'est au ministre qu'il faut s'en prendre, pas à eux qui ne sont que des humains ! Regardez-les ! Lui là-bas, fit-elle en désignant l'un des gendarmes, doit certainement avoir un crédit pour sa voiture et peut-être bien une pension alimentaire à payer. Le taux de divorce est l'un des plus hauts parmi les forces policières. Et lui, dit-elle en en désignant un autre, lui doit sans doute jongler avec les études de ses enfants, il est, j'en suis sûr, d'accord avec nos revendications.

— Cela n'excuse rien ! S'ils sont d'accord, qu'ils nous rejoignent alors !

— C'est impossible ! Ne soyez pas stupides ! Ils ont signé et donné leur liberté afin d'entrer au service de la République.

— Ce sont des chiens, vendus pour un os, rien de plus, beugla un autre.

Elle haussa une épaule.

— Oui sans doute, mais nul chien n'est responsable, seuls les mauvais maîtres font de mauvais chiens…

Sa harangue n'eut cependant pas plus d'effet ni sur les manifestants ni sur les ordres donnés aux gendarmes. Soudain ces derniers abaissèrent la visière de leur casque et, sortant leur tonfa, ils s'apprêtèrent à charger. Leur capitaine lança les sommations d'usages dans un vieux mégaphone crachotant, demandant ou plutôt exigeant aux manifestants de se disperser. Au vu de la configuration des rues, la manœuvre semblait difficile, voire impossible. Les étudiants paraissaient bel et bien pris au sein d'une nasse. Effrayée, Alexine se retourna, trouva un instant de réconfort dans le regard clair du grand gendarme, avant que, la poussant derrière lui, tout le cordon ne se mette à charger. Dans une ruée sauvage et violente, ponctuée par le bruit assourdissant des matraques frappant les boucliers en un sinistre martèlement, les gendarmes marchèrent sur les étudiants. Ceux-ci n'étaient, soudain, plus du tout pacifistes, mais tout à fait vindicatifs.

Dégoûtée, la jeune fille tourna le dos à la jungle confuse de violence, toussant dans les nuages de gaz lacrymogène. Nauséeuse, elle s'enfuit en courant, remonta les ruelles moyenâgeuses qui avaient connu bien pire au fil des siècles, avant de se retrouver enfin chez elle. Au diable les revendications qui n'amenaient qu'à des violences entre des personnes qui n'avaient en réalité, rien à se reprocher.

Elle claqua la porte derrière elle, tandis qu'Ange, son Ange, lui sautait dans les bras en l'embrassant. Il ressentait son amertume et, de tout son cœur, ne souhaitait qu'une chose : l'effacer.

Les échauffourées durèrent jusqu'au soir. Alexine, tour à tour furieuse et bouillonnante d'inquiétude, les passa à travailler ses cours : autant occuper son esprit à des tâches utiles ! Enfin, un message de Camille la prévint qu'elle allait bien et qu'elle se rendait chez des copains. Soulagée pour sa colloc' et amie, elle poussa un soupir un brin rassuré. Elle ne l'était cependant qu'à moitié, se demandant pour la millième fois ce qu'il en était de Sébastian. Sans doute devait-elle s'accoutumer à cette ombre, à cette inquiétude, qui sans cesse viendrait plomber leur relation. Son métier était dangereux, c'était une réalité avec laquelle elle devait vivre.

La nuit tombait lorsque, s'étirant, elle abandonna ses cours afin de préparer le repas de son Ange qui la contemplait de ses yeux noirs, énamourés. Après lui avoir servi ses croquettes, elle appuya son front contre la vitre donnant au-dessus de la rue. Son souffle exhalait un peu de buée qui pourtant ne l'empêchait pas d'observer les activités apportées par la nuit. La boulangerie en contrebas avait allumé son enseigne, tandis que les passants se hâtaient de rentrer chez eux.

Tout à coup, Ange releva la tête. Il se figea une seconde devant sa gamelle, puis s'élança vers la porte en grognant, avant même que quelques coups secs fussent frappés. Alexine sursauta. Elle se précipita néanmoins vers l'entrée, saisissant Ange par son collier, et ouvrit la porte ; qui pouvait bien venir à une heure pareille ? Était-ce Camille qui avait encore oublié ou perdu ses clefs ?

Ce fut cependant avec une surprise mêlée d'un soulagement sans borne, qu'elle vit la haute silhouette d'un gendarme s'encadrer dans la porte. Elle poussa un bref soupir, mi-étonné mi-joyeux, avant de se jeter dans ses bras. Ange ravala ses grognements, se contentant de partir bougonner dans le canapé. Il ne connaissait que trop bien la suite des événements, lorsque Sébastian débarquait chez eux ! Résolument philosophe, comme tous les chiens, il se roula en grosse boule de poils drus et, la tête posée sur l'accoudoir fatigué, il s'endormit sans plus se préoccuper d'autre chose.

Le lendemain, alors qu'ils revenaient tous deux de leur habituelle promenade matinale qui les avait amenés à passer par la boulangerie, lui tenant fièrement le sac bourré de pains et de croissants dans sa gueule rébarbative, ils tombèrent nez à nez sur un jeune journaliste, planté sur leur paillasson. Malgré le sac, Ange grogna, contrarié. Alexine, étonnée, lui demanda ce qu'il faisait là. Elle savait qui il était et de quel média il dépendait, elle était simplement stupéfaite de le trouver de si bon matin devant chez elle.

— Bonjour, fit le jeune journaliste en lui décochant un sourire qu'il savait avenant. Je suis Valentin B, journaliste indépendant. Je voudrais, enfin je souhaiterais vous interviewer au sujet de ce qui s'est passé hier à la manif'…

— Hier ? répéta-t-elle sans plus trop savoir de quoi il parlait.

— Oui, ce baiser avec un garde mobile était pour le moins inattendu… Vous pourriez m'en dire plus ? C'est un tel symbole !

Elle haussa une épaule un peu blasée, avant de lancer un coup d'œil à Ange. Ouvrant la porte, elle fit :

— OK, entrez… Mais, vous allez être déçu, je vous préviens !

Quelques minutes plus tard, le journaliste se trouvait installé dans un fauteuil, devant une tasse de café et un croissant encore tiède. La jeune fille aux longues mèches roses, se tenait en face de lui, lovée dans un canapé, contre le gros chien aux poils rudes et au regard peu amène. Elle tenait un mug rempli de café brûlant d'une main, l'autre était posée sur le dos de son compagnon au poil sombre. Elle le considérait d'un air qu'il ne savait qualifier autrement que de goguenard. Le pourquoi lui échappait pour l'instant, cependant son instinct journalistique lui soufflait qu'une histoire était là, vibrante, prête à se dévoiler, à lui de savoir la saisir et la dérouler.

Il toussota tandis que la caméra posée sur un pied, enregistrait sagement la scène.

— Néanmoins ce geste, ne peut être taxé d'anodin, non ?

Le gros chien haussa un sourcil en redressant la tête, tandis que sa maîtresse affichait peu ou prou la même expression. Elle s'apprêtait à lui répondre, lorsqu'un bruit de pas l'interrompit. Elle se retourna, un sourire déjà aux lèvres, qui illumina son visage aux traits fins. Un homme à la haute stature s'avança dans le salon, se plantant face à eux.

— Tu veux un café, Seb' ?

Il secoua négativement la tête, se pencha vers elle, son regard d'une clarté presque glaçante, soudain adouci :

— Non je dois y aller, mon cœur...

Elle hocha la tête, se leva d'un bond afin de l'embrasser, sous l'œil de plus en plus stupéfait du journaliste. La caméra, indifférente, tournait toujours. Alexine lança un coup d'œil amusé au reporter, faisant d'un ton plein de rires :

— Je vous l'avais dit, que vous seriez déçu ! Je vous présente Sébastian, mon p'tit ami, compagnon, qualifiez notre relation comme vous voulez.

Un peu effaré, le journaliste serra machinalement la main que lui tendait l'imposant gendarme, qui le dévisageait d'un œil froid. D'un mot, Alexine lui expliqua le pourquoi de sa présence. Sébastian retint un rire qui se répercuta toutefois dans son regard.

— Il n'y a aucun mystère, ni histoire, ni symbole à y voir ! À peine un hasard.

Il termina de lacer ses rangers, tout en précisant :

— Nous nous connaissons depuis des mois et sommes ensemble depuis tout autant de temps. C'est simplement une coïncidence un peu malheureuse que mon escadron se soit trouvé pile face à ces étudiants.

Le journaliste était décontenancé, cela se voyait à son visage crispé. Néanmoins, il avait assez de répartie pour rebondir :

— Je suis étonné, évidemment, mais qu'avez-vous ressenti en la voyant face à vous ? Dans le camp adverse en quelque sorte ?

Le grand gendarme se redressa, retenant un éclat de rire :

— Vous ne connaissez pas grand-chose au métier de police ! Les personnes qui nous font face ne sont pas nos ennemis ! Nous sommes là, au contraire, afin de préserver la sécurité de tous. Voir Alexine a été une surprise, je ne vais pas dire le contraire, même si je savais qu'elle irait manifester, c'est toujours étrange de se retrouver face à un proche.

Il s'interrompit une seconde, décocha un coup d'œil tendre à la jeune étudiante, avant de reprendre :

— Sinon pour vous répondre quant à mes ressentis, disons que j'ai été fier de constater que la femme que j'aime, a des convictions profondes tout en ayant le courage de les exprimer. Je crois que je serais retombé amoureux d'elle si je ne l'étais pas déjà !

Il lança un court sourire à la jeune fille qui rougit sous son regard et la brusque émotion engendrée par ses quelques mots. Il la prit entre ses bras, engloba son visage de ses larges mains, un peu rudes, plongeant ses yeux dans les siens en murmurant :

— Je dois y aller, je viens de recevoir un message...

Elle se contenta de hocher la tête, sans rien dire, le serrant simplement contre elle, comme si elle pouvait faire passer toute la force de ses sentiments dans son étreinte. Il l'embrassa avec une douceur alliée à une tendresse qui sembla inonder la pièce. Puis la porte se referma sur lui, tandis que la jeune fille se recroquevillait à nouveau dans le canapé contre son chien. Elle passa ses bras autour de son cou puissant, tandis qu'il la rassurait d'un baiser mouillé.

Le journaliste la considéra une longue minute avant de lâcher :

— En réalité je ne suis absolument pas déçu, votre histoire est encore mieux qu'un vague symbole : c'est une réalité qui transcende certitudes, factions et banalités !

D'un geste, il coupa la caméra, ajoutant un ton plus bas :

— Qui ne rêverait pas d'entendre une telle histoire, au milieu de temps compliqués comme nous en vivons actuellement, entre les manifs', les grèves, le marasme économique et tout le reste ? Apporter la fraîcheur et l'optimisme d'un tel conte de fées, vaut bien plus que tous les faits divers !

Brusquement, il se leva, laissant la jeune fille un peu effarée, partant sur des au revoir écourtés. Sans doute pensait-il déjà à la manière dont il allait présenter sa vidéo !

Alexine, une fois seule, croisa le regard satisfait de son Ange qui la contemplait depuis le canapé. Allons, ils étaient tous les deux, café et croissants les attendaient, qu'importait du reste ?

Elle éclata de rire, se lova contre lui, embrassant sa tête au poil dru et bouclé. La vie après tout était si simple avec lui…

« Ich bin ein Berliner. »

C'est en bâillant que la jeune fille, encore endormie, attrapa la liasse de courriers, pour elle et ses deux autres colocataires et amies. Frissonnante dans l'air frais de la cage d'escalier, elle referma la porte d'un coup de pied, triant déjà lettres et prospectus. Elle jeta les indésirables à la poubelle, soupirant, sans que cela n'y change rien, sur le fait que bombarder leur boîte aux lettres de « pas de pub » n'ait strictement aucun effet. Elle refusa de songer aux milliers de mètres carrés de forêts dévastés pour partir dans sa poubelle. Elle déposa le courrier pour ses copines sur la table de la cuisine, se servit un café dans un mug rose orné d'une licorne, avant d'aller se musser dans le canapé, une grande enveloppe un brin mystérieuse, à la main.

Elle se lova dans la tiédeur douce de son Ange, qui lui renvoya un baiser mouillé, avant de s'allonger dans un soupir bienheureux. Elle déchira l'enveloppe, étreinte soudain d'une intense curiosité : l'adresse provenait d'Allemagne ! Elle en sortit quelques feuilles, écrites en anglais, qu'elle parcourut hâtivement du regard, tout en réchauffant ses doigts autour de sa tasse.

Déstabilisée par sa lecture, elle laissa son café refroidir, oubliant de le boire. C'est l'arrivée de Camille, ses boucles brunes encore emmêlées par la nuit, qui la tira de sa sidération. Elle se laissa tomber à côté d'elle, tout en marmonnant :

— Ben alors qu'est-ce qui t'arrive ? T'es transformée en statue de sel ?

Alexine sursauta, manquant renverser sa tasse encore pleine. Elle lâcha un tonitruant « Oh purée de sa mère ! » avant de poser le mug sur la table basse, encombrée de livres.

— Tu m'as fait peur, bougonna-t-elle, en se tournant vers son amie.

— Ça, j'ai cru remarquer ! Bon alors qu'est-ce qui t'arrive ? T'as gagné à l'euromillion ?

— C'est presque ça… Enfin je ne sais pas trop, lis ! fit-elle tout en lui tendant le courrier.

Camille n'eut besoin que de quelques secondes afin de parcourir la lettre quand, relevant la tête, elle lança un sourire radieux à sa copine.

— Mais c'est génial ! Tu es sélectionnée en Erasmus, afin de passer le prochain semestre à Berlin ! Pourquoi tu fais la gueule ?

Alexine repoussa l'une de ses mèches roses, baissa la tête, partagée entre l'excitation de cette nouvelle perspective et une angoisse qui lui vrillait le cœur depuis qu'elle avait ouvert l'enveloppe.

— Je ne fais pas la gueule !

— Ah ? C'est ta manière de sauter de joie, mille excuses ! se moqua Camille en retenant un éclat de rire.

— Je suis surprise en fait, j'avais fait cette demande en première année, et vlan elle déboule maintenant, avoue qu'il y a de quoi être sur le cul, non ?

— Bah qu'est-ce qui t'embête ? Ok, tu es en quatrième année, bon, elle a mis du temps à arriver, c'est néanmoins une super opportunité, non ?

— Mouais…

— Comment ça, mouais ? Qu'est-ce qui te défrise là-dedans ? Parce que c'est Berlin ? Paraît que c'est une ville très chouette !

— Mais non, Berlin, c'est nickel, c'est pas ça, répliqua Alexine avec humeur.

— C'est quoi alors ? Oh… Je sais, s'exclama alors Camille en se redressant. Toi tu te tarabustes à cause de ton mec, c'est ça ?

— Je me pose des questions, déjà qu'on ne se voit pas beaucoup, si en plus je me barre jusqu'en mai au fin fond de l'Allemagne, ça va devenir hard…

— Je comprends, tu peux toujours refuser, mais ce serait dommage, surtout qu'il est lui-même jamais là…

— Je sais bien ! Donc je vais accepter, même si ça va vachement compliquer notre relation, déjà que… Quelle heure est-il ?

— Huit heures, fit sa copine en bâillant.

Alexine hocha la tête, attrapa son smartphone et envoya un message en quelques mouvements rapides des doigts. Elle n'eut pas le temps de se lever afin de chercher un autre café, que son téléphone sonnait. Sur l'écran s'affichait le nom de Seb suivi par un cœur. Elle répondit aussitôt, tandis que Camille lui faisait signe qu'elle partait squatter la salle de bains.

— Qu'est-ce qu'il y a ? s'exclama Sébastian d'un ton inquiet en s'appuyant contre une fourgonnette bleu marine, dont il venait de descendre avec une partie de son escadron, à peine quelques minutes auparavant.

— On peut se parler ou je te dérange ?

— Non c'est bon, vas-y !

Elle grignota l'un de ses ongles, soudain prise d'une anxiété qui la faisait presque trembler. Enfin elle se lança, comme on se jette du haut de la Tour Eiffel, sans espoir de retour.

— Je viens de recevoir ma validation au programme Erasmus.

À l'autre bout de la France, Sébastian ne répondit rien, attendant la suite. Elle perçut cependant son froncement de sourcils, sans même avoir besoin de le voir. Elle entendit ses épaisses protections grincer imperceptiblement et soudain, le sachant en pleine mission de maintien de l'ordre, elle n'eut plus vraiment envie de bousculer sa concentration.

— Mais je te dirai ça plus tard, tu es en service…

— Non, vas-y, on est en statique. Je ne savais pas que tu avais fait une demande pour Erasmus.

— En fait je l'avais complètement oubliée ! Ça fait plus de trois ans que je l'avais faite et elle tombe maintenant ! C'est n'importe quoi !

— Tu as envie d'y aller ?

Elle inspira un grand coup, se lova un peu plus dans la tiédeur poilue de son Ange, avant de lâcher un faible « oui ».

Il accusa le coup sans pouvoir lui en vouloir. Après tout c'était une chouette opportunité pour elle.

— C'est où ?

— À Berlin... Ce n'est pas si loin que ça, murmura-t-elle plus pour se convaincre elle-même qu'autre chose.

Il serra les dents tandis qu'il réalisait pleinement l'impact de cette nouvelle. Tout à coup, ses protections et son casque pendus à sa ceinture, semblèrent peser une tonne. Il se sentit vaciller. Comment pourrait-il survivre sans la voir durant des mois ?

Il l'entendait parler d'une voix hachée, d'avion direct depuis Paris, de distances qui dans sa bouche s'amenuisaient pour ne plus qu'être anecdotiques. Il savait qu'il n'en était rien. En aucun cas il ne souhaitait qu'elle vive en fonction de lui, toutefois la douleur de savoir qu'elle allait passer les prochains mois si loin, lui était intolérable. Ne pas la voir, comment allait-il vivre ? Comment pourrait-il seulement respirer ?

Le sang lui battant les tempes, il comprit pour la énième fois, combien leur couple était improbable et sans aucun doute irréaliste. Elle, bientôt ingénieure, étudiante brillante venant d'un milieu familiale aisé et lui, qui n'avait jamais eu beaucoup de choix et qui n'était rien d'autre qu'un simple flic. Quel avenir pouvaient-ils espérer ?

Tristesse, colère contre un monde qui s'évertuait à les séparer, jalousie aussi, s'amalgamèrent en un maelstrom d'émotions qui le fit chanceler. Il avait tellement espéré que leur rêve d'un amour inconditionnel put être possible, hélas la réalité le rattrapait de plein fouet. Il ne serait jamais qu'un simple gendarme. Que pouvait-il lui proposer ? De venir s'installer avec lui à Hirson lorsqu'elle aurait son diplôme ? Quelle opportunité aurait-elle ? Rien. Il ne pouvait que se rendre à l'évidence : leur histoire n'était qu'un joli conte auquel il avait voulu croire. Hormis ses sentiments, il n'avait rien à lui offrir… Cette affaire d'Erasmus était le simple catalyseur de cette bombe qui couvait et qui, un jour ou l'autre, devait finir par leur exploser en pleine gueule.

La douleur issue de ses pensées, l'empêchait presque de respirer quand, au travers de la brume opaque d'angoisse, il entendit Alexine l'interpeller.

— Seb, tu ne dis rien ?

Mais que pouvait-il lui dire ? Qu'il était une voie sans issue ? Dans un effort surhumain, il parvint à lâcher d'un ton rendu glacé par sa souffrance :

— Tu sais, toi, moi… Je crois que c'est une erreur…

À l'autre bout de la France, dans son appartement Strasbourgeois, Alexine sursauta, blêmit, tandis qu'un froid terrifiant l'envahissait par degrés.

— Attends, attends c'est juste un semestre à Berlin, ce n'est pas grave… Pas besoin de faire une crise internationale pour ça ! On se verra moins, mais ce n'est pas comme si on se voyait H24 non plus !

Il entendait ce qu'elle disait, chacune de ses paroles frémissant d'une angoisse sourde, écho jumeau de la sienne. Pourtant, les mots n'étaient plus que des sons sans importance, tandis qu'il lui semblait avoir déchiré le voile de la vérité, celle que chacun redoute de contempler en face, celle dont il vaut mieux s'éloigner, quitte à vivre dans un confortable déni.

Il lui fallut tout son courage et sa force mentale, pour laisser tomber :

— Alex', je crois qu'il vaudrait mieux qu'on fasse une pause…

— Hein ? Mais qu'est-ce que tu racontes ? Tu déconnes ou quoi ?

Son regard clair fixé sur un ciel gris et lourd d'un prochain orage, le cœur brisé, effrayé par ce qu'il lui faisait, et cependant conscient de l'impasse où leur relation les menait, il parvint à dire :

— Prends soin de toi Alex…

Il raccrocha, coupant l'appel avant qu'il ne glisse un « je t'aime » habituel et toujours vrai. Mais ses sentiments n'entraient pas en jeu. D'un geste, il coupa son téléphone et le glissa dans l'une des larges poches de son treillis d'un bleu sombre, ce qui lui permettrait peut-être de résister à la tentation de la rappeler. Le cœur battant à un rythme qu'il n'avait sans doute jamais atteint, même au plus fort de ses entraînements, il s'obligea à marcher et rejoindre le groupe de ses collègues. Ces derniers discutaient à mi-voix, en attente paisible des prochains ordres.

Evan releva la tête en le voyant revenir, prêt à lui balancer une réflexion sarcastique lorsque, remarquant le visage blême de son meilleur ami, son humour de corps de garde s'évanouit. D'un pas il s'approcha de lui, alarmé.

— Qu'est-ce que tu as ? Tu en fais une tête !

Serrant les mâchoires sur une douleur qui allait *crescendo*, Sébastian marmonna :

— C'est bon tout va bien… On n'a toujours pas d'ordres ?

— Non, on attend. Mais ça ne semble pas aller bien du tout ! Putain on dirait que tu sors de *The walking dead* tellement tu as un teint cadavérique !

— C'est bon, j'te dis !

— Tu vas me dire ce qui ne va pas, merde !

— J'ai plaqué Alexine…

Rien sans doute n'aurait pu autant surprendre son ami, aucune autre nouvelle ne l'aurait autant saisi.

— Mais… mais tu l'aimes, c'est une fille géniale… qu'est-ce que tu lui reproches ?

— Mais rien ! Je ne lui reproche rien ! C'est pas la question !

— Je ne comprends pas…

— Il n'y a rien à comprendre, bordel ! Tu ne vois pas qu'elle et moi nous n'avons rien en commun ! On s'est juste bercés d'illusion, c'est tout.

— Tu déconnes là ?

Sébastian haussa une épaule, sans répondre, son regard bleu, glacé, parlant pour lui. Leur supérieur qui arrivait à ce moment-là, lui permit d'éluder la question. De toute façon rien de ce qu'Evan pouvait dire ne parviendrait à changer la réalité…

À presque mille kilomètres de là, Alexine, figée dans le canapé qui avait connu bien des aventures, considérait son smartphone sans arriver ni à bouger ni à saisir toute l'ampleur de la situation. Elle restait là, immobile, comme si le simple fait de bouger donnerait de la consistance, du crédit, aux ultimes paroles de Sébastian. Ange, inquiet, roulait des yeux affolés et, posant sa lourde patte sur sa cuisse, il tentait de la faire réagir. Ressentant sa détresse, il se mit à couiner de plus en plus fort, désemparé de sentir son odeur s'imprégner d'une tristesse qui le terrorisait. Alerté par ses plaintes, Camille sortit de la salle de bains, sa brosse à cheveux à la main, tentant de discipliner ses boucles.

— Mais quoi, qu'est-ce t'as Ange, grommela-t-elle avant de remarquer l'attitude d'Alexine.

Sans même savoir pourquoi, son instinct l'alerta. Paniquée, elle se précipita vers son amie.

— Eh, qu'est-ce t'as Alex' ?

La jeune fille, presque statufiée, d'une pâleur cadavérique, ne bougea pas. L'avait-elle seulement entendue ? À présent terrifiée pour de bon, Camille, la secoua par les épaules, criant à demi.

— Alexine !

Semblant émerger d'un cauchemar, cette dernière, papillonnant des paupières, regarda son amie comme si elle la voyait pour la première fois, avant de laisser tomber dans un souffle :

— Seb' veut faire une pause…

— De quoi ? ! s'exclama une jeune fille qu'elles n'avaient pas entendu approcher et qui, en pyjama à pois rose, les dévisageait sans comprendre.

Elle passa une main dans ses cheveux d'un noir de jais, qui, embroussaillés par la nuit, n'étaient plus qu'une boule buissonneuse autour de sa tête. Elle mettrait encore, comme chaque jour, une bonne demi-heure pour mater sa somptueuse coupe afro'.

Camille s'assit à côté d'Alexine et la prit entre ses bras, tandis qu'Elsa, la troisième larronne de leur colocation, s'approchait d'elles avec un affolement visible. Elle s'accroupit face à son amie et, lui prenant les mains dans les siennes, elle murmura :

— Une pause ? Mais… Il est trop con ou quoi ?

Elsa était Mulhousienne, portant haut un accent régional qui semblait pourtant en contradiction avec son teint caramel. De ça, elle s'en fichait ! Elle était du Haut-Rhin, ou plutôt de la région Grand-Est comme il fallait l'appeler à présent, et en était fière. Elle avait un tempérament entier et des avis tranchés, qu'elle ne pouvait s'empêcher de partager. Ce matin, encore moins que d'habitude, elle ne pût refréner une bouffée de colère. Depuis trois ans qu'elle partageait cet appartement avec Camille et Alexine, elles avaient appris à se connaître et devenir un trio soudé par une amitié inconditionnelle. Alors qu'un mec puisse ainsi briser le cœur d'Alex' lui était intolérable.

— On sait bien ce que ça veut dire une pause, quand un mec dit ça ! Pfufff que des lâches ! grommela-t-elle. Il t'a dit pourquoi au moins ?

Alexine secoua la tête, désemparée, aux prises avec une incompréhension totale.

— C'est que tu ailles à Berlin qui le fait chier ? hasarda Camille.

Alexine haussa une épaule pleine d'ignorance, tandis que des larmes débordaient soudain de ses yeux, en un flot torrentiel et inarrêtable. Entre deux sanglots, elle balbutia un vague :

— Il ne m'a même pas dit pourquoi…

Anxieux, Ange pleurait autant que sa maîtresse, sa face poilue étirée de détresse. Elsa attrapa soudain le smartphone d'Alexine et, sans que nul ne puisse l'arrêter, elle pianota un message sur WhatsApp, qu'elle expédia avant même que l'une ou l'autre de ses amies puisse protester.

— Mais qu'est-ce que tu as fait ! s'effraya Alexine, sanglotant de plus belle.

— J'ai juste envoyé un mot à ce salaud ! Te lâcher comme ça ! Non mais j'te jure, au moins qu'il te donne une explication valable !

Cependant à des centaines de kilomètres de là, le téléphone éteint ne pouvait délivrer le moindre message. De son côté, Sébastian s'efforçait de ne penser à rien d'autre qu'à la mission du jour, soit surveiller une ruelle en compagnie de quelques collègues. Il repoussait toute idée de se saisir de son smartphone, de rappeler Alexine, d'entendre sa voix et de s'excuser. Non il ne voulait pas qu'ils se séparent, jamais ! Il ne rêvait que de la serrer dans ses bras, de la sentir se lover contre lui, ses mains s'agrippant à ses épaules tandis que, levant le visage vers lui elle lui aurait souri… Hélas, comme il le savait à présent, ce n'était qu'un fantasme illusoire. Il ne devait pas tenir compte des sentiments qu'il éprouvait, cela ne leur rendrait service ni à lui ni, surtout, à elle.

Le mieux qu'il avait encore à faire, c'était de l'oublier…

La montagne, ça vous gagne !

La jeune fille frotta ses bras, essayant de manière illusoire de se réchauffer. Accoudée à la rambarde en bois qui ceignait le balcon du chalet, elle respirait avec délice l'air glacé, porteur des senteurs de l'hiver : celle de la neige fraîche tombée dans la nuit, des mélèzes aux branches poudrées de blanc, celle de la cannelle qui montait de son chocolat chaud…

Depuis des semaines, il lui semblait que toute chaleur avait déserté son corps. Le cœur glacé, elle déambulait dans le monde, agissant telle une somnambule, n'éprouvant plus que vide, dévastation et froideur. La fraîcheur hivernale ne pouvait, en aucun cas, égaler celle qu'elle éprouvait au quotidien… Par chance, Ange était là, sans quoi aurait-elle congelé sur pied, du moins était-ce l'inquiétude qui se lisait dans son regard sombre. Il grogna sa désapprobation, avant de l'attraper par un bras afin de la forcer à rentrer. Elle ne résista pas. Elle laissa seulement échapper un :

— Doucement Ange, tu vas me faire renverser la tasse !

Avant de le suivre dans le chalet, où régnait une tiédeur accueillante. Un homme à l'imposante stature déposa une bûche dans la cheminée, faisant aussitôt monter des flammes vives, qui sautèrent avec entrain dans l'âtre.

— Alors, tu tentais un remake « d'hibernatus » ?

Elle haussa une épaule, sans répondre, posa sa tasse refroidie sur une table basse, simple planche en chêne posée sur quatre pieds, avant de se laisser tomber dans un canapé. Attirant sur elle un châle en laine tricotée main, elle s'y entortilla, espérant encore retrouver un peu de chaleur, même si cet espoir était illusoire. L'homme cessa d'asticoter le feu, lui lançant un regard aussi sombre et inquiet que celui du grand Bouvier, qui lové contre sa maîtresse, tentait de ramener un sourire sur son visage pâle.

Perdue dans ses pensées déchirantes, elle ne répondit pas. Elle se demandait juste, si ce week-end à la montagne était une bonne idée. Sur le coup, fuir Strasbourg, ses cours et ses colocataires qui finissaient par lui taper sur les nerfs avec leurs mines faussement enjouées, lui avait paru la meilleure des idées. Maintenant qu'elle était là, il lui semblait tourner en rond telle une lionne enragée, réalisant que rien ne changerait l'état de ses sentiments brisés. Partout où elle irait, elle emporterait avec elle sa tristesse déchirante, sa déception, et son amour inutile à présent…

— Demain, je t'emmène faire du ski de fond, tu m'aideras à tracer les pistes pour la saison, s'exclama Anatole, cherchant à la secouer d'une apathie aussi inhabituelle qu'inquiétante.

Le gros chien au pelage hirsute, lui renvoya un regard pareillement inquiet. Mais que pouvait-il faire afin de redonner le sourire à son humaine ? Perdu, il ne comprenait pas sa détresse, bien que le sentiment d'abandon qui exsudait de chacune de ses respirations parle pour elle. Être abandonné, ça, il connaissait ! Se sentir seul, démuni et fragile, dans l'incompréhension du pourquoi de l'enchaînement des événements qui l'avait conduit là, il savait ce que c'était. Il en était d'autant plus perturbé !

Elle ne releva même la tête. Avait-elle seulement entendu ?

Il y a peu, elle aurait sauté de joie à l'idée d'accompagner son vieil ami dans l'une de ses journées, mais plus aujourd'hui. C'était comme si tout bonheur l'avait désertée. Ange couina, glissa sa lourde tête sous l'un de ses bras, cherchant à la faire réagir.

L'énorme Savoyard se releva, sa longue carcasse craquant de toutes parts. Il n'avait plus vingt ans, et la rudesse d'une vie soumise aux intempéries commençait à se faire douloureusement ressentir. Il contempla la jeune fille ratatinée sous le châle coloré, le cœur soudain étreint par une douleur lancinante, si ancienne qu'il avait appris à vivre avec. Blottie dans la douceur de la laine, un jour tricotée avec application par Nathalie, il entendait encore le cliquetis joyeux des aiguilles se heurtant dans un bruit apaisant ; ce n'était plus une jeune femme qu'il voyait, mais la petite fille perdue qui, un jour de Noël avait échoué sur son paillasson.

Il n'avait pas eu d'enfant, pas qu'il n'eut pas souhaité fonder une famille, mais Nath'… Enfin c'était ainsi, et ce n'était pas le problème du jour ! Bourru, maladroit, mais bien conscient qu'il devait agir, il repoussa le gros chien qui sauta sur le tapis. Lui-même se laissant tomber dans le canapé quelque peu fatigué, il attira Alexine contre lui. Il la serra un moment dans ses bras, sans rien dire, la sentant se détendre avant d'éclater en sanglots. Sans doute retenait-elle ses larmes depuis des jours, afin de faire « bonne figure », afin de ne pas exposer l'intensité de sa détresse, de son chagrin. Pleurer pour un mec ? Mais quelle idée, aurait juré Camille !

Qui pouvait comprendre ce qu'elle ressentait ? Qui, hormis quelqu'un qui avait traversé la même épreuve…

Dehors, une neige nouvelle tombait en flocons poudreux, se déposant sans bruit sur les rebords des fenêtres, faisant ployer les branches des grands sapins cramponnés à l'arrière du chalet. Aucun spectacle n'était plus apaisant pour lui. Le bruit du bois craquant dans la cheminée, la blancheur de l'hiver qui se déposait en fines couches, délicates, essentielles.

Il fouilla dans l'une des poches de son jean éculé, en sortit un mouchoir qui sentait le cambouis, le tendit à Alexine, tout en murmurant :

— Regarde, il neige !

Machinalement, elle se moucha, jetant un coup œil vers l'extérieur. Le spectacle ne fit résonner en elle, que le souvenir de Sébastian debout dans un tourbillon de flocons diaphanes, tandis qu'il l'attendait à la gare de Reims. Une nouvelle vague de désespoir monta depuis son cœur, sans qu'elle ne puisse l'empêcher. Tandis que de nouvelles larmes ruisselaient sur son visage, une part d'elle-même rageait : allait-elle se liquéfier à chaque seconde de la vie, sous prétexte qu'un truc anodin allait lui remémorer un souvenir ? C'était pitoyable ! Après tout il n'était pas mort, il l'avait juste plaquée comme une merde !

— Je suis désolée… bafouilla-t-elle

— Désolée de quoi ? D'être malheureuse ?

Elle tenta de ravaler quelques larmes qui ne demandaient qu'à déborder, lâchant d'une petite voix qui ne lui ressemblait pas :

— Désolée d'être aussi conne… Mais tu sais ce qui me fait le plus mal ? C'est que je ne sais même pas pourquoi il m'a plaquée !

Le solide quinquagénaire fronça ses sourcils épais, lui décochant un coup d'œil interrogateur :

— Comment ça ?

— Tu sais, tout se passait très bien entre lui et moi, c'était comme une évidence…

Anatole frémit, dissimulant de son mieux sa propre émotion : voilà des mots qu'il avait déjà entendus bien des années auparavant. Des mots qui soudain, faisaient resurgir des montagnes de douleurs, des montagnes d'un bonheur unique… Était-ce ainsi que Nath avait réagi ? Avait-elle été aussi désemparée que la petite Alexine ? S'il avait fait ça, c'était pour elle, uniquement pour elle, du moins c'était ce qu'il se racontait depuis tout ce temps. Et s'il avait eu tort ? S'il avait eu simplement peur ? Peur de ne pas être à la hauteur ? Peur qu'un jour, la lueur d'admiration qui brillait dans son regard s'évanouisse… Si, en fin de compte, il avait été lâche ?

La voix d'Alexine, aussi fragile que du verre, le tira de ses pensées :

— Tu sais, tout allait super bien entre nous, jusqu'au moment où je l'ai appelé pour lui parler d'Erasmus. Là, je sais pas, il a pété un câble et bam, sans explication, il a dit texto « ce serait mieux qu'on fasse une pause » ! Putain ! Mais merde ! Et depuis c'est silence radio. Il ne répond ni à mes messages ni au tel… Anatole, je ne sais plus quoi faire !

Ces derniers mots furent jetés dans un cri de désespoir qui vrilla le cœur de son vieil ami, ouvrant un peu plus la forteresse de ses propres émotions, qu'il avait maintenue close depuis ce fameux jour…

Il resserra son étreinte, sentant le cœur de la jeune fille battre d'une manière désordonnée, presque folle. Une vague de tendresse et de colère l'envahit, qu'il jugula de son mieux. Bien sûr elle ne pouvait pas comprendre l'attitude de son Sébastian, pas plus que Nath n'avait compris la sienne. Il revoyait encore son regard perdu, lorsqu'il l'avait laissée sur ce quai de gare. Seule. Seule dans le froid de l'hiver qui s'annonçait.

Il soupira, tout en frottant le dos d'Alexine de sa grosse main, râpeuse, endurcie par des décennies de dur labeur.

— Tu ne peux rien faire… Ce n'est pas toi qui es en cause, mais lui.

La jeune fille se redressa dans un tourbillon de mèches roses et d'interrogations muettes :

— De quoi ?

— Je vais te raconter une histoire, tu comprendras mieux, d'accord ?

Elle acquiesça dans un simple mouvement de la tête, se mussant à nouveau dans la chaleur rassurante de son ami, comme lorsqu'elle était enfant. Ange grimpa à son tour dans le canapé, se lovant sur ses pieds en une couette chaude de poils et d'amour.

Il ferma les yeux, tandis qu'Anatole disait d'une voix profonde :

— Je comprends la réaction de ton Sébastian, j'ai eu la même il y a de ça bien longtemps… Chut, ne dis rien, laisse-moi continuer. L'histoire se passe il y a des décennies, c'est celle d'un jeune savoyard, enfin jeune… je devais avoir une petite trentaine d'années, qui rencontre une ravissante étudiante. Elle faisait ses études à Lyon, et cet été-là, elle avait décidé de passer quelques semaines à randonner en montagne. Elle avait pris une chambre au gîte, à cette époque, il n'y en avait qu'un seul en dehors de l'hôtel et, sac sur le dos, elle partait marcher la journée entière. Elle voulait, en plus, faire quelques virées qui nécessitaient un guide, c'est comme ça que je l'ai rencontrée. Guider les touristes l'été c'était un chouette gagne-pain.

— Tu étais guide de haute montagne ?

Il hocha la tête :

— Oui, tout à fait !

— Mais…

— Je ne le suis plus depuis longtemps, depuis ce jour où je l'ai laissée, elle. En fait j'ai essayé de continuer, j'ai fait une saison de plus, mais sans elle, rien ne valait le coup, alors j'ai arrêté. La mairie m'a proposé un job pépère que j'ai accepté. Oui, ce n'est pas très glorieux, je sais bien… Mais le jour où elle est entrée dans ma vie tout a changé, c'était comme si tout à coup les couleurs prenaient une autre intensité. La neige était plus scintillante, le soleil plus brillant… Je ne peux pas te l'expliquer, mais je crois que tu comprends, non ?

La jeune fille secoua imperceptiblement la tête, sans répondre, s'acharnant à juguler de nouveaux flots de larmes. Anatole poursuivit :

— C'était comme dans les films, elle était là, et soudain tout était différent. Un coup de foudre, je crois. Lyon ce n'est pas si loin, mais ce n'est pas si près non plus. Alors nous nous efforcions de nous voir en des journées volées, toujours trop courtes. Les mois, les années ont filé, elle finissait ses études, lorsqu'elle me parla de concours de l'agrégation. Le mot flotta sans que j'y prête attention. Lorsqu'un week-end où elle était venue me voir, elle m'annonça qu'elle était admissible pour ce concours. Cela sous-entendait une année où elle ne ferait que travailler ce fameux concours, une année à moins se voir, évidemment. Ce n'est pas cela qui m'a fait réagir, sans doute a-t-elle cru que c'était la raison, mais c'est faux ! Soudain, j'ai réalisé ce que j'étais et ce qu'elle, elle était. Quel avenir pouvais-je lui proposer ? Devenir prof à Albertville ? Comment elle, avec ses racines profondément Lyonnaise, pourrait-elle vivre dans un village ? Dans la tourmente glacée des hivers savoyards ? Pouvais-je lui imposer une telle vie ? Elle n'avait nul avenir avec moi… Nous étions si différents, trop sans doute. Le mariage de la carpe et du lapin, en quelque sorte. Elle était si intelligente, si brillante, tandis que je n'étais qu'un rustre moitié bûcheron, moitié conducteur d'engins. Notre couple était ridicule, une illusion. Je l'ai donc ramenée à la gare, et je l'ai laissée, sans plus d'explications que ton Sébastian t'a données. Ma décision était prise, et je ne voulais même pas en discuter avec elle !

Stupéfaite, Alexine le dévisagea. Son petit visage était tiré de fatigue, ses yeux gonflés de chagrin et son nez rougi à force de pleurer.

— Tu l'as laissée comme ça ? Sur le quai d'une gare ! Mais… c'est horrible !

— Je sais… Mais à ce moment-là je pensais que couper dans le vif, c'était la meilleure solution. Je n'en ai pas vu d'autre…

— Peut-être lui laisser l'opportunité de s'exprimer, elle aussi ? Tu ne crois pas !

— Je savais d'avance ce qu'elle dirait, je connaissais déjà tous ses arguments, tandis que je pensais lui offrir la chance d'avoir une autre vie que celle que je pouvais lui proposer… Tu peux être certaine que c'est aussi ce que pense ton Séb' !

Effarée, elle le fixa, bouche bée. Pas une seconde elle n'avait envisagé une telle option ! Elle pensait qu'il la trompait, voilà tout…

— Il vient juste de réaliser que, dans très peu de temps, tu vas être ingénieur, que lui ne sera qu'un simple gendarme. Qu'il n'a rien, en fait, à te proposer…

Elle sursauta, voulut protester, mais Anatole la coupa d'un geste.

— Laisse-moi poursuivre. En fait il a peur, il pense qu'il n'est pas à la hauteur… Alors il préfère te laisser partir, te donner la chance de construire ta vie avec quelqu'un qui sera capable de te rendre heureuse.

— C'est n'importe quoi ! s'écria-t-elle, en larmes, tandis qu'à l'instant où elle disait ça, elle se remémorait certaines conversations qu'ils avaient eues, elle se souvenait du message qu'il lui avait écrit ce fameux jour de la St Valentin, où il exprimait clairement ses peurs et ses doutes. Elle avait cru, ou préféré croire, que ces inquiétudes étaient derrière eux, mais il n'en était rien.

Atterrée, elle ne put que bafouiller :

— Qu'est-ce que je peux faire ?

— Je ne sais pas… Le laisser réfléchir. C'est à lui de régler ses peurs, tu ne peux pas le faire à sa place.

— Mais… S'il est aussi rapide que toi, j'aurai le temps de devenir vieille et moche !

Anatole retint un éclat de rire.

— Nous autres montagnards avons plutôt la tête dure, on n'a plus qu'à souhaiter que les ch'tis l'aient moins !

Après quelques secondes de silence, troublée par les seuls craquements des bûches dans la cheminée et les ronflements d'Ange, Alexine murmura :

— Et toi ? Que vas-tu faire ?

— Moi ? Que veux-tu que je fasse ? Il s'est passé plus de deux décennies donc…

— Et alors ?

— Je ne vais pas me pointer dans sa vie, ne sois pas ridicule ! Elle doit avoir une famille, un mari…

— Qu'est-ce que tu en sais ?

— J'en sais que la discussion est close, jeune fille !

Alexine le considéra une seconde avant d'éclater d'un rire cristallin, le premier depuis bien longtemps.

— Tu es tellement entêté et buté que s'il existait une machine pour mesurer ça, on ferait la distance Terre-Lune deux fois, minimum !

Anatole fronça à nouveau les sourcils, avant lui aussi d'éclater de rire. La vie n'était pas simple, mais elle apportait aussi des compensations, et la sienne c'était ce petit bout de fille sorti de nulle part.

Retour à la montagne

En grommelant, il claqua la portière de son antique Land Rover, priant silencieusement pour qu'il démarre sans se faire supplier. Par miracle, l'engin enclencha son moteur au premier tour de clef. Avec une prudence circonstanciée, il sortit du garage situé sous son chalet, avant de s'élancer sur la route gelée, bordée de congères. Il aborda les virages qui descendaient vers la vallée, à une allure un peu trop vive, cependant le lourd 4X4 en avait vu bien d'autres, et franchit les courbes avec une indolence de rhinocéros. Un soleil pâle effleurait les paysages couverts d'une neige duveteuse, tandis que le gel transformait les cascades en stalactites irisées. De loin en loin, accrochés le long des pentes, des chalets se tenaient là, ratatinés sous un manteau de neige sous lequel ils disparaissaient presque. Seules les volutes sortant de leur cheminée montraient qu'ils étaient bel et bien habités, confis dans une sorte de douillette hibernation.

Il avait toujours aimé ses montagnes, aussi le spectacle de ces panoramas glacés lui mirent-ils aussitôt du baume au cœur. Tournant le bouton de la radio, il tomba sur une station qui diffusait de vieilles chansons des années quatre-vingt, qu'il reprit avec entrain et un ton étonnamment juste.

Moins de trois quarts d'heure plus tard, il garait son gros Defender devant la gare de la petite localité. Extrayant son imposante carcasse, il en descendit, un sourire planant sur son visage buriné. D'une démarche ample et assurée, si caractéristique du montagnard qu'il était, il gagna le quai afin d'y attendre le train en provenance de Lyon. Quelques minutes plus tard, le TER entrait en gare dans un crissement de freins malmenés par le froid.

Anatole guetta la luminosité de mèches rose vif, incongrues dans la grisaille de la vallée. Il perçut un éclat de rire, tandis qu'une boule de fourrure lui sautait dessus. Il caressa Ange, cherchant sa maîtresse des yeux. Cependant, le regard qu'il croisa le laissa hébété. Il resta là, planté dans ses boots, immense et stupide avec sa silhouette d'ours et son cœur de midinette...

Alors Alexine se matérialisa à côté de lui et, glissant sa main dans la sienne comme jadis lorsqu'elle était cette fillette aventureuse, elle murmura :

— Petite surprise, j'ai amené quelqu'un à qui tu as certainement beaucoup de choses à dire...

Il ne se décidait toutefois pas à bouger, sidéré, ne pouvant détacher son regard de la femme qui, accompagnant Alexine, se tenait devant lui. Elle n'avait pas changé. Après tout ce temps, toutes ces années, elle était restée la même. C'est à peine si quelques fines ridules venaient orner le coin de ses yeux. Elle avait troqué sa longue tresse d'étudiante, au profit d'un carré sage, qui mettait en valeur la finesse de son visage et l'éclat délicat de son regard d'un vert intense.

Abasourdi, il ne savait plus que ressentir. Il ne pouvait que rester là, pétrifié de toute son imposante ossature. Conscient d'être stupide, mais que pouvait-il dire ou faire, après tout ce temps ?

C'est Nathalie qui fit le premier pas. Elle semblait à la fois effrayée et heureuse, prise dans un maelström d'émotions qui se reflétait dans ses yeux clairs.

— Bonjour, Anatole…

Soudain, sans savoir comment cela s'était produit, il la serrait dans ses bras, retrouvant la douceur de son corps, l'arôme tendre de son parfum. Était-ce possible ? Était-ce un rêve ? Elle se raccrocha à lui, tandis que resserrant ses bras autour d'elle, il la sentait pleurer.

— Bon, les jeunes, c'est pas qu'on s'ennuie, mais Ange et moi on va finir congelés, donc si on pouvait se livrer à des retrouvailles au chaud, on apprécierait ! s'exclama Alexine, les faisant du même coup revenir sur terre.

— Tu as raison, balbutia Nathalie tout en s'essuyant subrepticement les yeux, comme si personne n'avait remarqué son émotion.

Anatole se contenta de hocher la tête, tandis qu'Ange filait vers le parking en aboyant, effrayant quelques passants.

Ils grimpèrent ensuite dans le vieux Land Rover, qui, s'il avait connu des jours meilleurs n'en était pas moins vaillant. En voyant le véhicule, un sourire vacilla sur le visage de la jeune quadragénaire : il lui rappelait tant de souvenirs qu'elle pensait avoir évacués depuis longtemps.

Ange et Alexine s'étalèrent sur la banquette arrière, repoussant outils divers et tronçonneuse, tandis que Nathalie s'installait à l'avant, comme jadis. Le trajet jusqu'au minuscule village accroché en nid d'aigle dans la montagne, lui parut être une remontée temporelle. Tout était si semblable. Était-ce possible ? Était-ce un rêve ?

L'homme qui conduisait d'une main sûre le lourd 4X4 lui était à la fois inconnu et pourtant, ne le connaissait-elle pas mieux que personne ? Elle soupira, tandis qu'un sourire de plus en plus intense se reflétait dans ses yeux, alors que son regard passait du paysage enneigé au visage du conducteur.

Ils n'échangèrent pas un mot durant tout le trajet, bercés dans un silence confortable dans lequel ils reprenaient vie. Seuls les ronflements d'Ange, qui s'était endormi, avachi contre Alexine, troublaient la quiétude du moment. Enfin, ils parvinrent au chalet. Là encore, Nathalie eut l'impression de revenir des années en arrière, comme si tout était resté figé dans le temps. Avec délice, elle respira l'air glacé venu des sommets, lâchant enfin à mi-voix :

— Rien n'a changé…

Anatole referma la porte du garage dans un claquement, se tourna vers elle, lui renvoyant un sourire narquois :

— Si, les sapins ont poussé, j'ai changé la couleur des volets et le village a un nouveau maire ! Avant d'ajouter, un ton plus bas, sérieux tout à coup. Pour le reste, rien n'a changé, non, ni la montagne ni mes sentiments…

Prise de court, elle le dévisagea, déconcertée à son tour. Par chance, Ange vint à son secours, la poussant dans le chemin creusé dans la neige qui sillonnait jusqu'au bas de l'escalier, menant à la porte d'entrée du chalet. Quelques minutes plus tard, ils étaient tous au chaud, devant la cheminée qu'Anatole rechargea avec quelques bûches odorantes, qui aussitôt, répandirent une odeur douce de résine. Alexine, en jupe et grosses chaussettes, glissa sur le parquet méticuleusement ciré et s'engouffra dans la cuisine adjacente.

— Installez-vous et papotez, avec Ange on va préparer à manger !

En entendant son nom et le mot manger, prononcés dans la même phrase, le regard d'Ange s'illumina. Un sourire ravi éclaira sa face sombre, tandis qu'il suivait sa maîtresse, tout en dandinant de joie son popotin d'ours.

Restés seuls, Nathalie et Anatole se dévisagèrent, heureux, gênés, empruntés et radieux tout à la fois. Elle s'installa dans le canapé, tout en effleurant de la main le châle en laine multicolore qui était étendu sur le dossier.

— Rien n'a changé… murmura-t-elle à nouveau, les larmes aux yeux.

Il reposa le tisonnier, se redressa, répétant dans un souriant :

— Non rien ! Tu te souviens lorsque tu l'as tricoté ? Tu étais tellement acharnée, je n'ai jamais vu quelqu'un aussi obstiné que toi pour faire un châle !

Elle retint un éclat de rire à ce souvenir qui remontait vers eux, extirpé d'un passé qu'on aurait pu croire mort, et pourtant…

— Je te signale que je n'avais jamais touché d'aiguilles et que c'est ma grande œuvre !

— Je sais… Raconte-moi ce que tu deviens, puisque tu vois bien qu'ici tout est resté pareil.

Elle haussa une épaule désabusée.

— Bah, pas grand-chose de très passionnant tu sais. Je suis prof d'université.

— Oh ! Tu as eu ton agrég', n'est-ce pas ?

— Oui… Je me suis cramponnée à mes études, pour ne pas sombrer, après… Enfin après notre séparation. Et puis j'ai obtenu un poste dans une fac, et voilà.

— C'est tout ?

— Que veux-tu que je te dise d'autre ? Oh si, j'ai une fille, elle aura bientôt treize ans, c'est mon petit trésor. Elle s'appelle Inès. Durant un moment, j'ai cru que je pouvais oublier tous mes rêves, m'en bâtir d'autres, mais c'était impossible. Avec son père, il est prof comme moi, ça n'a pas marché. Ça ne le pouvait pas, évidemment ! Je n'étais qu'à moitié investie dans cette relation, parce que je ne pouvais m'empêcher de le comparer à toi, et il perdait à chaque fois… Alors nous nous sommes séparés, c'était le mieux qu'on pouvait faire ! Et toi ? Rien n'a changé, mais toi ?

Il haussa une épaule, plongeant son regard dans le sien, tentant de digérer les informations qu'elle venait de lui donner. Une fille ! Elle avait une fille !

— Moi, rien. Je conduis un chasse-neige et je vis comme un ours… Enfin si on exclut les visites remuantes d'Alexine et son sac à poils !

— Ah ah, on parle de nous ! s'exclama au même instant Alexine qui entrait, un plateau à la main.

Ange quant à lui portait avec précaution une panière emplie de chips. Anatole récupéra la corbeille, remercia le chien d'une caresse, tandis que sa maîtresse posait son plateau sur la table basse, en expliquant avec un ton enjoué :

— Pour ce qui est du repas, ça ne sera pas Lucullus, en revanche niveau apéro, on est bon !

Finalement, ils trinquèrent au futur et au renouveau, Ange ne perdant pas les chips du regard. Après le repas, somme toute honorable pour une improvisation, Alexine siffla son Ange, et ils partirent tous deux pour une longue promenade, prétexte parfait afin de laisser Anatole et Nathalie en tête à tête. Ils avaient tant d'années à rattraper !

Ils rentrèrent à la nuit tombante, le nez rougi pour Alexine et le poil couvert de paquets de neige pour son Ange, cependant ils arboraient tous deux un même sourire épanoui.

Nathalie se précipita afin d'apporter des serviettes pour sécher le chien, tandis qu'Alexine se débarrassait de sa doudoune et de ses après-skis. Dehors, une neige épaisse, lourde comme un duvet, commençait à tomber, obscurcissant le ciel, isolant le chalet dans un cocon douillet.

Une fois Ange débarrassé de ses tapons de neige, il s'étala devant la cheminée dans un soupir satisfait, achevant de sécher sa fourrure sombre. Nathalie fit chauffer du chocolat chaud puis, une tasse à la main chacune, elles s'installèrent frileusement sous le châle, regardant la neige tomber, sans bruit ni interruption.

— Anatole est parti déblayer la route, murmura Alexine tout en savourant le chocolat brûlant.

C'était moins une question qu'une affirmation.

Nathalie hocha la tête.

— Oui, il a pris le chasse-neige, il…

Elle s'interrompit une seconde, avant d'ajouter un ton plus bas :

— Il n'a pas changé, tu sais… Je ne sais pas comment je pourrai te remercier d'avoir pris du temps pour me chercher et me retrouver. Tu as été incroyable !

Alexine haussa une épaule, repoussa une mèche qui menaçait de tomber dans sa tasse, avant de répondre :

— Ça n'a pas été très compliqué avec les réseaux sociaux, et puis j'avais ton nom, je soupçonnais que tu étais prof, bref pas la peine de s'appeler Hercule Poirot !

Doucement, Nathalie posa sa main sur celle de la jeune fille, en murmurant :

— Ne désespère pas ! Tu vois, rien n'est jamais écrit d'avance, alors ne perds pas espoir de retrouver ton amoureux, toi aussi…

— Mouais, j'espère juste que ça ne prendra pas vingt ans, maugréa la jeune fille, refoulant une émotion qui se tenait à fleur de peau, à fleur de cœur, et ne demandait qu'à la noyer.

Nathalie la dévisagea avant d'éclater d'un fou rire tel qu'elle n'en avait pas eu depuis deux bonnes décennies. Alexine fut prise par la même hilarité incontrôlable, qui soudain baissa d'un cran la pression qui la tenaillait depuis des semaines.

Dehors les flocons vaporeux continuaient leur chute, en un ballet glacé et poétique. Demain il faudrait à nouveau dégager le chemin d'accès au chalet, mais demain était un autre jour. Ce soir, blotties l'une contre l'autre, le chien ronflant béatement dans la chaleur de l'âtre, elles attendaient le retour d'Anatole et peu importait du reste…

Au gré du hasard

Encore ensommeillée, la jeune fille se ratatina un peu plus dans la tiédeur de son Ange, bâillant à s'en décrocher la mâchoire. Elle entendait Elsa s'agiter dans la cuisine, tandis que l'arôme prometteur du café venait chatouiller ses narines. Elle n'avait cependant pas l'énergie, ni physique ni mentale du reste, pour se lever et aider son amie. Elle resta les bras enroulés autour du cou musculeux de son amour, les mains enfouies dans sa fourrure drue.

Un soleil estival, encore timide, s'invita dans l'appartement tandis qu'Alexine songeait aux vacances prochaines, aux promesses de piscine et de balades à la plage. Elle soupira, ce programme, pourtant alléchant, ne l'attirait pas, ou du moins plus. En réalité depuis sa séparation brutale avec Sébastian, plus grand-chose ne la faisait vibrer. Elle se remémora son séjour à Berlin, où là encore, rien ne l'avait vraiment transportée. Ni le programme proposé par l'université allemande, ni la ville n'y étaient pour grand-chose. C'était elle. Depuis des mois, partout où elle allait, elle emmenait un vague à l'âme qui colorait en gris toute la vie. Elle, d'un naturel si joyeux, si positif, semblait avoir enfilé une paire de lunettes filtrant tout d'une grisaille terne. C'était insupportable, mais comment s'en défaire ? Elle n'avait pour l'instant trouvé aucune solution valable ! Elle avait bien tenté de reléguer la grande silhouette de Sébastian dans un tiroir obscur de sa mémoire, mais il en ressortait sans cesse. Malgré tous ses efforts pour cadenasser ses souvenirs, son regard la poursuivait de nuit comme de jour, hantant ses rêves et chaque minute de sa journée.

Alors elle avait tenté le tout pour le tout afin de remiser cette relation au passé : elle avait conjugué le présent dans des fêtes où la bière coulait à flots, tandis qu'elle s'abandonnait entre les bras d'étudiants dont elle ne connaissait rien.

Cela n'avait pas suffi, bien au contraire, à le lui faire oublier…

Aussi ce matin, elle se tenait là, sans beaucoup de volonté, sans envie non plus, autre que rester avachie avec Ange. Soudain son smartphone vibra, lui annonçant un message. Elle le prit, machinalement, songeant que Camille avait encore perdu ses clefs. Elle fut étonnée de tomber sur une personne inconnue.

Bonjour,

Je suis désolée de vous contacter de cette manière, mais je suis tombée par hasard sur les photos de votre chien, que vous avez postées sur Facebook, et j'ai l'impression qu'il correspond à celui de ma grand-mère ! Nous l'avons perdu il y a de ça 3 ans, sur l'autoroute A36. Ce n'est peut-être pas lui, mais le doute est là… Peut-être pourriez-vous passer ? Nous sommes prêts à vous rembourser vos frais d'essence, bien sûr ! Tout ce que nous voulons savoir c'est si c'est bien lui, et comment il va. Sa disparition est un chagrin terrible pour ma mamie…

Effarée, Alexine dut relire deux fois le message afin de s'imprégner de sa réalité. Il ne manquait plus que ça ! Depuis le temps, elle avait presque oublié qu'Ange avait peut-être des propriétaires qui s'inquiétaient pour lui. Aujourd'hui, cette vérité la prenait de court, ravageant son cœur déjà bien malmené. Se séparer de son Ange ? Jamais !

Son premier réflexe fut de ne pas répondre, après tout, qu'ils viennent le chercher ! Ange était à elle ! Après plusieurs secondes, elle réalisa qu'il lui était impossible de ne pas tenir compte de ce message : ces gens devaient vraiment se soucier de leur chien, pour le chercher plus de trois longues années plus tard… Avait-elle d'autre choix que de répondre ?

La mort dans l'âme, s'accrochant néanmoins à l'espoir, fragile, que ça ne soit pas leur chien, elle répondit quelques mots hâtifs. Finalement après quelques échanges, il fut convenu qu'Alexine passerait dès le lendemain afin de leur montrer Ange. Ce n'était pas à côté, mais peu importait, mieux valait se débarrasser au plus vite de cette corvée.

Le lendemain matin de bonne heure, Ange et elle grimpèrent dans leur Jeep, en route vers un petit village situé aux abords de Valencienne. Durant tout le trajet, Alexine se cramponna à l'idée que tout cela n'était qu'un simple hasard. Non elle ne perdrait pas son Ange en plus de Sébastian ! Impossible !

Après tout, Ange n'était pas le seul et unique Bouvier des Flandres vivant en France !

Il était un peu plus de dix heures, lorsqu'elle traversa une bourgade composée de maisons en briques, solidement cramponnées les unes aux autres. Pour la jeune provençale, ce décor sous un ciel gris, était une découverte, presque un choc. Les yeux écarquillés, elle contemplait ce paysage dont les tonalités de gris semblaient s'étaler en un camaïeu infini.

Enfin son GPS lui indiqua une maison, semblable en tout point aux autres. Elle se gara devant, coupa son moteur, alors que soudain un froid glacial s'insinuait dans chacune des cellules de son corps. Et si elle perdait Ange ?

Repoussant cette peur, palpitante, elle ouvrit la portière au gros chien qui, heureux, bondit sur le trottoir sans plus d'état d'âme. Tendue, elle frappa à la porte, tandis qu'Ange reniflait quelques odeurs intéressantes. Elle entendit des pas s'approcher de l'entrée et soudain, la porte s'ouvrit sur une jeune fille d'à peu près son âge.

— Oh bonjour ! Vous avez fait vite ! Entrez !

Alexine ne répondit rien, elle lui renvoya un faible sourire et, sifflant Ange, ils entrèrent à sa suite dans la maison. Elle n'était pas très grande, composée d'une pièce principale, ouverte sur une cuisine, tandis qu'un escalier accédait à l'étage, où devaient se situer les chambres. Un logement fonctionnel, donnant à l'arrière sur un jardin tout en longueur, dans lequel on voyait déjà s'épanouir des plants de pommes de terre.

Dans la cuisine, une grand-mère d'un âge indéterminé, situé entre soixante et cent cinquante ans, s'agitait au milieu de casseroles et de farine. Une bonne odeur de tarte se répandait déjà dans toute la maison. S'avisant de la présence de la jeune fille, elle releva la tête de son plan de travail. Elle lui renvoya un sourire lumineux qui éclaira son visage ridé, illuminant ses yeux d'un bleu nordique. D'un geste, elle l'invita à s'asseoir à une table, tandis que la jeune fille, sa petite fille sans doute, lui proposait un café. Ange les salua poliment, sans pourtant s'intéresser à elles.

Tournicotant dans le petit salon, il reniflait le canapé, une paire de chaussures posées à l'entrée, lançant des regards désemparés à Alexine. Effarée, elle ne savait comment interpréter son attitude. Elle lui demanda de se calmer, mais peine perdue ! Il se planta au bas de l'escalier en couinant, l'œil implorant, ne saisissant même pas pourquoi son Alexine ne parvenait pas à comprendre la situation ! Elle était pourtant limpide !

— Je suis désolée, murmura Alexine, ébahie par l'attitude de son Ange.

— Ce n'est pas grave ! Il peut monter l'escalier s'il veut, répliqua la grand-mère dans un geste tranquille.

Ange ne se le fit pas répéter deux fois ! En trois bonds il était en haut, disparaissant à la recherche d'on ne savait quoi.

« Peut-être reconnaissait-il cette maison où il avait grandi », songea Alexine avec une tristesse et une amertume qui lui brisèrent le cœur.

Elle plongea le nez dans sa tasse de café, afin de ne pas montrer son émotion, et se donner une vague contenance. Elle ne vit pas Ange redescendre l'escalier, aussi vite qu'il était monté, suivi par la haute silhouette d'un homme qui, interloqué, s'arrêta à mi-chemin des marches, ne pouvant détacher son regard de la longue chevelure rose, de la jeune fille assise-là.

Ange, surexcité, allait de l'un à l'autre. Relevant la tête, elle croisa enfin le regard intense, que l'homme, grand blond aux cheveux courts, posait sur elle. Stupéfaite, elle se leva d'un bond, la bouche ouverte sur un cri inaudible.

— Mais… Mais qu'est-ce que tu fous là ? lâcha l'homme, toujours planté dans les escaliers, aussi effaré, qu'elle pouvait l'être.

— Ben… Je, je croyais… À cause d'Ange… s'embrouilla-t-elle, submergée par bien trop d'émotions contraires pour pouvoir garder toute sa lucidité.

— C'est bon, tout va bien, intervint la jeune fille, tandis que la grand-mère, posant une tarte sur la table, affirmait :

— C'était mon idée, et c'est Chloé qui en a été la cheville ouvrière, hein ?

— Oui, c'est vrai ! En fait on n'en pouvait plus avec mamie de te voir aussi mal, alors on a pensé qu'il serait temps que vous discutiez tous les deux.

Le visage fermé, une colère sourde se reflétant dans son regard clair, Sébastian acheva de descendre les quelques marches. Il s'avança vers sa sœur cadette, furieux.

— Mais de quoi je me mêle, bordel !

— Oh ça va, si tu ne te comportais pas comme un enfant de dix ans, on n'en serait pas là ! répliqua sa sœur, sans se démonter.

Durant l'échange, Alexine était restée coite, muette de stupéfaction, ne parvenant que difficilement à croire que Sébastian puisse être là, devant elle. À la fois folle de joie et terrifiée, elle ne savait plus qu'éprouver. Quelque part, peu importait. Il était là, plus beau encore que dans ses souvenirs, et sa seule présence lui insufflait ce souffle de vie qui lui avait manqué durant ces derniers mois. Tout à coup le monde reprit ses couleurs, ce fut si brutal qu'elle chancela. Ange la retint par la manche de son tee-shirt, tandis que Sébastian ne semblait même plus capable de respirer.

— Bon, il fait beau, allez donc vous balader vous avez beaucoup de choses à vous dire, j'en suis certaine ! s'exclama la grand-mère, tout en les houspillant d'un geste.

Beau, faillit s'esclaffer Alexine en jetant un coup d'œil au ciel gris, refoulant un rire hystérique, perdue dans un tumulte émotionnel. Ange, au mot balade, se précipita vers la porte en aboyant à mi-voix.

— Allez, dégagez de là ! répéta la mamie en ouvrant la porte d'autorité.

Le gros Bouvier se précipita au-dehors, aussitôt suivi par Alexine, effrayée qu'il traverse la rue et se fasse écraser. Contre son gré, Sébastian sortit à son tour. Prenant une longue inspiration, il lâcha enfin :

— Viens, allons le long du canal, ce sera plus tranquille.

Hochant simplement la tête, elle appela Ange, et le regard fixé sur le dos et les larges épaules de Sébastian, elle le suivit dans un chemin qui longeait un canal étroit, à l'eau paresseuse et grise. Des herbes et broussailles poussaient, libres et exubérantes, pour le plus grand plaisir du gros chien, qui trottinait à la recherche d'effluves plus subtils les uns que les autres.

Empruntés, Alexine et Sébastian marchèrent quelques minutes sans rien dire, empêtrés dans des pensées qui leur faisaient perdre tous leurs moyens. Enfin, le premier, Sébastian lâcha :

— Je suis désolé que tu aies dû faire toute cette route pour rien, Chloé est complètement idiote !

Alexine s'arrêta, le dévisagea une seconde, un sourire hésitant, tremblotant sur ses lèvres :

— Au contraire, je suis heureuse d'être venue et ta sœur a été géniale !

Déconcerté, il la considéra sans rien dire.

— Elle a raison ! Nous devons parler ! poursuivit avec véhémence la jeune fille, tout en repoussant ses mèches que la brise rabattait.

— Alex… Il n'y a rien à dire ! Nous n'avons rien à faire ensemble, tu le sais bien !

— Tout ce que je sais, c'est que tu devrais moins écouter tes peurs et plus ton cœur !

Il ouvrit la bouche afin de protester, mais elle ne lui laissa pas le temps d'argumenter.

— Je sais que tu t'imagines qu'un diplôme d'ingénieur fera une différence majeure entre nous, mais c'est faux ! Rien ne pourra changer ce que j'éprouve pour toi, tu comprends ça ?

— Ce que je comprends c'est surtout que je suis absent les trois quarts de l'année et que le reste du temps je suis basé à Hirson, tu veux vraiment de cette vie-là ? Il y a zéro possibilité pour toi, tu le sais parfaitement !

Les larmes aux yeux, elle s'avança d'un pas vers lui, plus désemparée par son ton désespéré, que par le sens même des mots.

— Tout ce que je veux, c'est une vie avec toi, peu importe où…

Détournant la tête, il suivit le vol d'une mouette venue depuis la côte, espérant pouvoir refouler la vague d'émotions qui le submergeait. D'une voix brusque, il laissa tomber :

— C'est ce que tu dis maintenant, mais dans quelques années ? Tu sais parfaitement que j'ai raison !

— Non… Tu as tort ! Et si cette situation ne te convient pas, change-la !

— Mais bordel Alex, ouvre les yeux ! On n'a rien à faire ensemble ! Trouve-toi un mec qui a fait des études plutôt que de t'accrocher !

— C'est ce que tu veux, vraiment ? Que je me trouve un autre mec ? Ben figure-toi que c'est ce que j'ai tenté de faire à Berlin, c'est au moins l'avantage du programme Erasmus, mais ça ne fonctionne pas comme ça…

— Quoi ? !

— Comment tu crois que je vis depuis tous ces mois ? Je ne vis pas ! Je pleure, je fais des conneries, je repleure… Et toi ? Tu es heureux ? Regarde-moi dans les yeux et dis-moi que c'est ce que tu veux, que oui tu es parfaitement heureux et que tu ne m'aimes plus ! Vas-y, je t'écoute ! s'écria la jeune fille d'un ton presque hystérique, tandis que des larmes ruisselaient sur son visage.

— Alex… balbutia-t-il, trop désemparé pour dire quoi que ce soit d'autre.

— Mais vas-y ! Dis-le ! continua-t-elle, hors d'elle, si folle de rage et de douleur, que les poings fermés sur un désespoir qu'elle gardait en elle depuis des mois, elle le frappa, martelant sa poitrine de coups qui ne pouvaient lui faire grand-chose, espérant enfin d'obtenir une réaction, une réponse de sa part. Il lui saisit les poignets avant de l'attirer contre lui, tout en murmurant d'une voix blanche :

— Arrête, arrête… Tu sais bien que je ne peux pas te dire ça ! Tu m'as manqué à en crever !

Il la serra un peu plus fort, retrouvant, avec une ivresse qui lui donnait le tournis, la chaleur de son corps contre le sien, l'odeur délicate de sa nuque et de ses cheveux que le vent emmêlait. Sanglotant, elle se raccrocha à lui, ivre d'émotions qui la faisaient tituber. Plus jamais elle ne voulait vivre hors de ses bras !

— Pardonne-moi, ce n'est pas ce que je voulais… Je pensais…

Elle releva la tête, lui renvoyant un sourire étincelant au milieu de ses larmes.

— Je sais ce que tu pensais, mais ça ne fonctionne pas comme ça, on ne peut pas commander ses sentiments !

Inquiet, Ange les regardait sans comprendre, ne sachant quelle attitude adopter, déboussolé par les odeurs contraires émanant de leurs phéromones. Assis sur son derrière d'ourson, il les fixait d'un regard perplexe, songeant que les humains étaient d'une complexité épuisante !

Resserrant son étreinte, Sébastian lâcha à mi-voix un « Je sais… » Avant de lui prendre la bouche d'un baiser dont il rêvait depuis des mois. Ses lèvres avaient le goût des larmes, mais aussi celui de promesses infinies.

Rassuré, Ange poussa un soupir satisfait. Sachant que sa maîtresse n'avait plus besoin de lui dans l'immédiat, il partit explorer les broussailles qui s'étalaient sur les berges. Là, il leva une famille de canards, ce qui le mit en joie.

Dans les bras et la tendresse de l'autre, Alexine et Sébastian, revivaient enfin. D'une main, il essuya ses larmes, heureux et paniqué à la fois. Qu'allaient-ils faire à présent ?

— Alex, cela ne change rien à la problématique, tu le sais ! Tu te vois vivre à Hirson ? Il y pleut trois cents jours par an, ou presque, comment je peux t'imposer ça ?

— Si une situation ne te convient pas, alors change-la ! C'est ce que dit mon père !

— Tu veux que je modifie le climat du Nord ? maugréa-t-il, à moitié sérieux.

— Non ! Parce que ce n'est pas Hirson le problème, c'est le regard que tu portes sur toi, c'est ça, ce que tu dois changer !

Il accusa le coup, sachant cependant qu'elle avait vu juste.

— Qu'est-ce que tu veux que je fasse ? Je suis flic, je ne peux pas changer ça !

— Je n'ai pas de réponse, c'est à toi de la trouver ! C'est toi qui as un problème avec notre pseudo-différence sociale, pas moi !

Sans un mot il la serra un peu plus contre lui, puisant en elle la force d'affronter ses peurs. Elle avait raison, c'était à lui de trouver une solution…

Plus loin, Ange effraya une carpe venue grignoter des algues s'épanouissant sur le bord du canal, ce qui parut l'enchanter. D'un coup puissant de la queue, le lourd poisson regagna les fonds vaseux, laissant le chien à ses jeux. Un rayon de soleil, timide, repoussa les nuages : rien n'était immuable, même pas la grisaille !

Demain sera un autre jour

La salle résonnait de mille bruits : raclement de chaises, pas des retardataires qui gagnaient une place en s'excusant, chuchotis d'enfants venus admirer leur aîné, rires contenus des futurs diplômés qui affichaient avec plus ou moins de réussite, une sorte de désinvolture, comme si ce jour, après cinq ans d'efforts soutenus, n'était pas si important. D'autres, étreints par une émotion qui les paralysait, conscients du tournant de leur vie, du symbole que cette journée pouvait représenter, semblaient figés. Seul le son infime de leur souffle, qu'ils contenaient pourtant, se mêlait à la symphonie assourdie des sons entremêlés.

Alexine se tenait bien droite, ses cheveux pour une fois sagement ramenés en une queue-de-cheval qui balayait ses épaules et son dos. D'un regard inquiet, elle cherchait ses parents des yeux, lorsqu'elle les vit s'installer dans les derniers rangs. Sa mère lui renvoya un coucou de la main, tandis que son père tentait de contenir son exubérance. À leurs côtés, Camille tenait Ange en laisse, retenant un rire. Elle lui renvoya une grimace, alors qu'Ange s'asseyait tout en se demandant ce qu'ils faisaient ici et s'il y aurait de la nourriture à la clef. Sous son poids, Anatole fit dangereusement grincer sa chaise, alors que Nathalie s'installait avec délicatesse à ses côtés, tout en lui glissant un mot complice.

Rassurée, Alexine respira un peu plus librement. Grimpant à son tour sur l'estrade où se tenait la nouvelle promotion d'ingénieurs, la directrice de l'université tapota le micro, appelant au calme. Chacun se tut, attendant la suite, les yeux déjà brillants de fierté. Elle commença son discours en soulignant les qualités de ces nouveaux diplômés, insistant sur la valeur de leur travail durant toutes ces années d'études, mettant en avant l'avenir qui, dès demain, s'ouvrirait devant eux.

Un mince remue-ménage au fond de la salle, attira l'attention de la jeune fille. Elle se désintéressa aussitôt du discours fleuve de la directrice, lorsqu'elle remarqua une haute silhouette en grand uniforme bleu sombre, se glisser aux côtés de sa famille. Ôtant son képi à liserés dorés, il salua ses parents, tandis qu'Ange considérait la situation avec une indécision croissante. Effarée, elle tressaillit à la fois de surprise et d'un bonheur pur. Il était là, il était venu bien qu'il lui ait affirmé le contraire, la veille encore ! L'année qui s'était écoulée n'avait pas été simple pour eux. Leur relation passionnée et chaotique ne savait dans quel sens aller. Ils avaient donc avancé à petits pas, essayant de vivre au jour le jour, sans préjuger du futur. Aujourd'hui, elle était-là, dans cette ultime journée dans la peau d'une étudiante, à la veille de passer le cap tant espéré et redouté à la fois : entrer dans la vie active… Était-elle prête à franchir ce pas ? Croisant le regard clair de Sébastian, elle s'y noya une poignée de secondes. Oui, sans doute qu'à ses côtés elle était prête à tout affronter, y compris renoncer à sa désinvolture !

Dans un brouillard, elle reçut son diplôme, et bientôt en compagnie de toute sa promotion, ils purent gagner une salle attenante, où était servi un vin d'honneur. Chaque famille se précipita, en pleurs, afin de féliciter son prodige. Ce fut aussi le cas pour Alexine. Le premier à l'embrasser fut bien évidemment son Ange, et le deuxième, Sébastian. Sa mère sanglotait alors que son père affectait d'avoir une poussière dans l'œil. Anatole la serra contre lui, aussi fier que si elle avait été sa propre fille !

Une coupe de champagne à la main, chacun reprit contenance, trinquant à la santé de leur nouvelle ingénieure. Puis Sébastian leva son verre à l'avenir, son regard fixé dans celui d'Alexine. Troublée, refoulant une inquiétude qui l'avait taraudée tous ces derniers mois, elle ne savait comment envisager cette nouvelle étape de leur vie. Sans se départir ni de son calme, ni de son sourire, il lança alors :

— Je suis pris à l'école des officiers de Melun...

Elle lui retourna un regard effaré, sans bien saisir ce qu'il voulait dire. Il lui renvoya alors un demi-sourire presque narquois :

— Tu sais bien, il fallait que je trouve une solution, n'est-ce pas ? Eh bien j'ai tenté le concours des officiers... Je commence la formation dans moins d'un mois !

Réalisant tout ce que cette simple phrase sous-entendait, elle poussa un cri de joie avant de lui sauter dans les bras, l'embrassant avec une folle exubérance. Peu importait du moment, du lieu et du reste ! C'était à son tour d'être fière de lui !

— Je savais que tu trouverais ! Je n'ai jamais douté de toi !

— Ne t'emballe pas non plus, je suis juste pris ! L'école dure deux ans, durant lesquels on peut être éjecté à chaque instant…

— Eh ben, il suffira que tu t'accroches ! s'exclama-t-elle en l'embrassant à nouveau, envahie soudain par un bonheur tel, que même son propre diplôme ne lui semblait plus si important.

Chacun le congratula, sauf bien entendu Ange, trop occupé à loucher sur le buffet et les petits fours. Anatole lui assena une tape amicale, à la mesure de sa carrure, que Sébastian supporta sans broncher, aidé par chance par son entraînement ! Tout autre aurait eu l'épaule déboîtée ! Puis le montagnard s'exclama de sa voix rude, dans laquelle on sentait crisser le froid et la neige accompagnés par le danger sourd d'avalanches mortelles :

— Eh bien te voilà enfin son héros !

Le temps passant...

La jeune femme ralentit son allure, un sourire effleurant son visage fin, tandis qu'elle se retournait en lançant :

— Alors Ange, tu viens ou tu apprends par cœur chaque pavé ?

Ainsi interpellé, un énorme chien au poil sombre et dru, releva la tête, lançant un regard goguenard à sa maîtresse. Il délaissa toutefois sa passionnante inspection, afin de trottiner jusqu'à la jeune femme. Les poils autour de ses babines blanchissaient, cependant il n'avait rien perdu de sa superbe. Il se redressa afin de lui faire un bisou humide, qui l'attendrit.

— Allez, viens, gros, on n'est pas en avance, lui lança-t-elle non sans l'avoir embrassé en retour.

Ange, son amour.

Ils remontèrent quelques rues pavées, inquiets d'être en retard, car cet amour-là n'avait pas la patience de son Ange ! Enfin ils parvinrent devant des bâtiments qu'on apercevait, blottis derrière un haut mur d'enceinte. Elle gagna la porte d'entrée, une imposante grille derrière laquelle se tenait un gardien chenu, mais non moins patibulaire.

Déjà d'autres femmes étaient-là, attendant que la grille s'ouvre. Elles saluèrent Alexine et son

Ange, avec bonne humeur, toutes habituées à ce moment qui rythmait leur quotidien. Alexine repoussa une mèche courte, d'un blond doux, échappée d'une jolie coupe mi-longue, mettant en valeur son visage délicat. Pour l'heure, elle ne se préoccupait pas vraiment de son apparence, elle avait bien d'autres pensées en tête !

Une femme arriva à son tour et, reconnaissant les silhouettes d'Ange et Alexine, elle s'avança vers eux en s'écriant :

— Eh, comment vas-tu ?

Les jeunes femmes se firent la bise avec bonne humeur, tandis que la nouvelle arrivante poursuivait :

— Alors, cette écho ? C'était pas aujourd'hui ?

Alexine hocha la tête :

— Si, mais c'est cet après-midi.

— Ils vont savoir ce que c'est, à moins que ce soit encore trop tôt ?

Alexine haussa une épaule.

— Bah on verra bien…

— Tu es impatiente ?

— Un peu, mais sans plus en fait. Ça doit devenir une habitude, pouffa-t-elle, tandis qu'au loin une sirène retentissait.

Au même instant le vieux gardien ouvrit le portail, leur signifiant d'entrer en bougonnant un incompréhensible charabia. Elles s'avancèrent vers l'un des bâtiments, d'où s'échappaient déjà des hordes d'enfants de tous âges. Elles se plantèrent devant une porte qui ne tarda pas à s'ouvrir à son tour sur une cohorte de petits, surexcités et joyeux. Avec des cris, ils se précipitèrent vers leur maman respective, avides de leur raconter leur matinée. Un petit blondinet, d'apparence moins frêle que ses camarades, s'échappa de la classe afin de se jeter sur Ange. Passant ses bras minuscules autour du cou du chien, il l'embrassa avec un bonheur évident. Ange le débarbouilla d'un coup de langue, le faisant rire aux éclats.

— Eh ben et moi alors, j'ai pas droit à un bisou ? protesta Alexine pour la forme.

L'enfant se redressa et l'enlaça en s'exclamant :

— Mais si maman ! avant d'ajouter d'un ton très docte, du haut de ses trois ans : mais Ange peut pas attendre, c'est un chien !

Devant une telle logique, Alexine retint un rire et s'inclina.

— Tu as raison mon chéri ! Tu as passé une bonne matinée ? Attends, je vais prendre ton sac…

— Ah non, c'est moi tout seul ! protesta-t-il tout en ajustant un petit sac à dos sur ses épaules. Papa a dit il faut faire attention, maintenant…

Attendrie, elle embrassa son petit bonhomme en remarquant néanmoins :

— Oui, enfin, je ne suis pas en sucre mon loupiot, ça va aller !

Ledit loupiot lui renvoya un regard dont le bleu limpide la transperça une fois de plus. Il glissa sa main dans celle de sa mère, attrapa Ange par son collier et s'écria :

— Allez, viens !

Elle réprima un sourire, toujours stupéfaite par chacun des faits et gestes de son fils. Gardant ses réflexions pour elle, elle se contenta de remarquer avec un ton mutin :

— On va prendre le tram, on doit passer voir quelqu'un…

Un sourire immense illumina le visage de l'enfant qui, tirant sa mère par le bras, lui enjoignit de se dépêcher.

— Vite, cours ! On va rater le tram !

— Mais non, on a tout le temps ! protesta-t-elle en accélérant cependant l'allure.

En quelques minutes à peine, ils parvinrent dans un boulevard bordé de maisons aux façades colorées et de commerces très divers. Une foule, peu dense, montait ou descendait de tramways rouge vif, traversant la chaussée pavée dans un calme et une tranquillité reposante.

Le garçonnet, sachant parfaitement où ils allaient, courut sur le trottoir, Ange sur les talons, droit vers l'arrêt des trams, dédié à leur direction. Il se haussa même sur la pointe des pieds, et montrant les horaires s'écria :

— Vite ! Il arrive !

Alexine jeta un coup d'œil, avant de remarquer :

— Non, on a encore cinq minutes, tout va bien. Hugo, tu veux bien mettre sa muselière à Ange ?

Hugo marmonna un vague « c'est quand que je saurai lire » tout en s'emparant de la muselière que sa mère lui tendait. Ange s'assit avec bonne volonté, et se laissa museler sans rien dire, hors un vague soupir. Comme s'il allait dévorer tout le monde, enfin soit, c'était une coutume des humains. Depuis le temps il s'y était habitué.

Ajustant une laisse au chien, Hugo grimpa dans le tram qui venait de s'arrêter devant eux, dans un soupir assourdi. Ange se tenant sagement à ses côtés, il agrippa une barre afin de s'y tenir, observant tout, d'un œil ravi. Alexine le contempla à la dérobée, toujours stupéfaite par son enthousiasme et sa maturité. Une grand-mère, sans doute déjà vieille avant la chute du Mur de Berlin, sourit au petit garçon, tout en lui lançant quelques mots. Les comprit-il, c'était un autre débat ! Il lui renvoya un sourire poli comme se doit de le faire toute personne civilisée, c'était du moins ce que sa mère lui serinait à longueur de journée !

Dans un soubresaut, le tramway stoppa le long d'un trottoir, permettant à Alexine, suivie par Hugo et Ange, d'en descendre. Avec ses petits doigts, il ôta la muselière du gros chien, qui se secoua, heureux de ne plus être coincé là-dedans. Il la tendit à sa mère, en s'exclamant :

— Allez, viens, cours !

Sans attendre de réponse, il s'élança, le chien sur les talons, tournant dans une ruelle bordée de bâtiments anciens. Les premiers, ils parvinrent sur une placette ombragée par d'amples arbres que ce printemps précoce couvrait déjà de feuilles d'un vert strident. Trottant sur les pavés disjoints et moussus, l'enfant et le chien foncèrent droit vers un édifice baroque, érigé au XVIIe siècle : le Palais Buquoy. Si Charles-Bonaventure de Longueval, comte de Bucquoy, était maréchal de l'armée de l'empereur Ferdinand II, Hugo s'en fichait ! Tout ce qui l'intéressait c'est qu'aujourd'hui, un drapeau français flottait sur la façade, montrant par là même que ce lieu était depuis une centaine d'années le siège, de l'ambassade de France en République Tchèque.

Alexine rattrapa son fils au moment où celui-ci se plantait devant le garde se tenant en faction devant la porte voûtée, et lui lançait un tonitruant bonjour.

Des touristes asiatiques, venus faire des photos devant un mur couvert de tags bariolés, sursautèrent. Ils lancèrent un coup d'œil au garçonnet, avant de reprendre la pose devant le visage de John Lennon qui, depuis les années quatre-vingt, délivrait là un message de paix et d'espoir.

Le garde salua l'enfant d'un sourire, tout en adressant un « Bonjour Madame » respectueux à Alexine qui, un brin essoufflée, rejoignait enfin son fils.

— Bonjour, brigadier, parvint-elle à lancer, sans avoir cependant le loisir de s'arrêter, Hugo s'engouffrant dans le bâtiment, Ange à sa suite. Ils grimpèrent quatre à quatre des escaliers couverts d'un tapis rouge et moelleux, lorsqu'ils furent arrêtés par un imposant gendarme, qui descendait vers eux.

— Eh où vas-tu toi ! s'exclama-t-il, tout en considérant l'enfant d'un regard d'un bleu intense, accentué par la couleur de son polo d'uniforme.

— Papa ! hurla le petit, tout en se jetant dans les bras de son père, sans plus de cérémonie.

Agrippant l'enfant, il le fit voler dans les airs, ce qui les enchanta tous les deux, faisant aboyer Ange, qui songeait que cela n'était pas très sécuritaire !

Reposant son fils à terre, il retourna un sourire à Alexine, qui arrivait enfin. Il l'enlaça, et sans s'inquiéter du lieu, il l'embrassa avec une douceur et une passion, que le temps n'avait pas diluées, bien au contraire.

— On a un peu couru, expliqua-t-elle tout en reprenant haleine. Tu es prêt ?

— Affirmatif !

Une secrétaire, entre deux âges, s'approcha d'eux en disant :

— Capitaine, j'ai posé sur votre bureau le dossier des demandes de passeports, je vous souhaite un bon week-end.

Il hocha la tête, lui renvoya un simple « merci » avant de s'exclamer :

— On va manger quelque part ?

— Oui ! hurla Hugo, on va manger une soupe !

Ange le soutint d'un ample aboiement, tandis que ses parents échangeaient un regard complice. Sa passion pour la gastronomie tchèque était un perpétuel sujet d'étonnement. Tout autre aurait réclamé un fast-food et un hamburger, sauf lui !

Dégringolant les escaliers, l'énorme Bouvier tout aussi surexcité trottant derrière lui, il hurla d'un ton digne d'un guerrier d'Attila lors d'une charge de cavalerie :

— On y va !

Alexine fit mine de lui emboîter le pas, mais Sébastian la retint une seconde. Glissant ses mains autour de son visage, il murmura :

— Tu es le meilleur de ma vie, je t'aime Alex…

Sans se préoccuper ni de son grade ni du lieu, il l'attira contre lui, lui prenant la bouche d'un baiser d'une tendresse absolue, comme s'il était encore ce simple garde mobile et elle, une étudiante un peu naïve et primesautière… Le temps avait coulé, mais il n'avait rien érodé, bien au contraire.

Dehors, les touristes espéraient que l'aura de Lennon viendrait les soutenir, et poursuivaient leurs photos devant les graffitis couvrant le mur de mots d'amour et de paix.

Prague, décembre 2019

Remerciements

Après l'écriture d'un roman, on souhaiterait remercier la terre entière d'avoir été là, afin de nous soutenir dans cet effort. La création d'un livre est un travail si particulier ! De l'idée vacillante de départ à la validation du fichier, tout est remise en question et avancées tâtonnantes.

Bref, aujourd'hui je vais me contenter de remercier mon chéri qui me supporte avec le sourire (si si) que ferais-je sans lui ?

À mon fils Thomas qui répond avec humour à toutes mes interrogations, avec une patience (quasi !) à toute épreuve.

À ma maman, inlassablement sur le pont afin de traquer les moindres horreurs orthographiques, et les occire net !

À Jeanne qui sait garder un moral d'acier et rester sereine dans la tourmente, ou du moins fait-elle admirablement semblant !

À Isabel Komorebi qui a accepté le défi de réaliser la couverture : tu m'as bluffée et tu as été au-delà de ce que j'aurais pu rêver !

À Gregor qui est mon ange ronfleur personnel.

Aux copines auteures avec qui rire et glousser : la vie serait bien moche sans vous les filles !

Aux blogueuses, qui au fil du temps sont devenues de vraies amies, soutien sans faille de l'auto édition.

Écrire sans vous, sans vous tous, n'aurait pas du tout le même sel…

Et puis, évidemment, est-ce besoin de le dire : une énorme MERCI à vous lecteurs, sans qui ces histoires n'auraient aucun sens, aucun intérêt. Merci à vous d'être là année après année, toujours fidèles et enthousiastes.

En dehors des remerciements, je voulais aussi vous dire un mot à propos de la genèse de ce roman. En effet le personnage d'Alexine a vu le jour pour le recueil de nouvelles « Destinations Inconnues ». J'ai ensuite eu envie d'en savoir plus sur elle et… sur son Ange. Qui étaient-ils ? Quelle était leur histoire ? C'est ainsi que l'idée d'aller à leur découverte s'est très vite imposée.

Au vu des événements de l'année écoulée (2019) je voulais aussi parler de certaines situations sans cependant prendre parti ou imposer mon point de vue. Ces divers chapitres sous forme de nouvelles, ont été écrits le long de cette année particulière, sur les musiques de PowerWolf (on ne se refait pas).

Dans l'un des chapitres de cette histoire, j'ai introduit un easter egg, sorte de clin d'œil à « Sans relâche » l'un de mes romans. L'avez-vous trouvé ?

Comme vous le savez (ou pas !) vous pouvez retrouver tous mes écrits sur mon site auteure :

https://www.isabelle-morot-sir.com/

Avant de vous laisser, encore un mot : n'hésitez pas à mettre des commentaires sur diverses plateformes en ligne (Babelio, Amazon, etc.) en effet parler d'un livre c'est le soutenir, c'est encourager un auteur que croire en lui, et c'est aussi contribuer à la pluralité éditoriale.

Alors n'hésitez pas : commentez !

Merci d'avance

Isabelle Morot-Sir, République Tchèque.
www.isabelle-morot-sir.com
Texte protégé, toute reproduction réservée.
Couverture : Isabel Komorebi.
Mise en forme : Jeanne Sélène.
Fonts : Arial, Arial Narrow.
Imprimé via KDP.
Dépôt légal : premier trimestre 2020.
ISBN : 979-10-96202-74-4